北欧文学译丛

鱼的爱情

Ástin fiskanna

Steinunn Sigurðardóttir

[冰岛] 斯泰诺恩·西古尔达多蒂尔　著

张欣彧　译

中国国际广播出版社

图书在版编目（CIP）数据

鱼的爱情 /（冰）斯泰诺恩・西古尔达多蒂尔著；张欣彧译. -- 北京：中国国际广播出版社，2025.3.
（北欧文学译丛）. -- ISBN 978-7-5078-5748-1

I. I535.45

中国国家版本馆CIP数据核字第2025AY5750号

著作权合同登记号 01-2019-0688

本书由冰岛文学中心资助翻译
ICELANDIC LITERATURE CENTER

鱼的爱情

总 策 划	张宇清　田利平
策　　划	张娟平　凭　林
著　　者	［冰］斯泰诺恩・西古尔达多蒂尔
译　　者	张欣彧
责任编辑	梁　媛
校　　对	张　娜
封面设计	赵冰波
出版发行	中国国际广播出版社有限公司［010-89508207（传真）］
社　　址	北京市丰台区榴乡路88号石榴中心1号楼2001 邮编：100079
印　　刷	北京启航东方印刷有限公司
开　　本	880 × 1230　1/32
字　　数	80千字
印　　张	3.5
版　　次	2025 年 3 月　北京第一版
印　　次	2025 年 3 月　第一次印刷
定　　价	38.00元

“北欧文学译丛”

编委会

绚丽多姿的“北极光”

——为“北欧文学译丛”作的序言

石琴娥

2017年的春天来得特别地早，刚进入3月没有几天，楼下院子里的白玉兰已经怒放，樱花树也已经含苞待放了。就在这样春光明媚、怡人的日子里，我收到中国国际广播出版社文史编辑部主任张娟平女士打来的电话，想让我来主编一套当代北欧五国的文学丛书，拟以长篇小说为主，兼选一些少量有代表性的短篇小说、诗歌等，篇目为50部左右。不久之后，中国国际广播出版社负责人和张娟平主任又郑重其事地来到寒舍，对我说，他们想做一套有规模、有品位的北欧文学丛书，希望能得到我的支持，帮助他们挑选书目、遴选译者，并担任该丛书的主编。

大家知道，随着电子阅读器和智能手机的普及，越来越多的人通过电子设备来阅读书籍。在目前的网络和数码时代，出现了网络文学、有声书和电子书，甚至还出现了人工智能创作的作品，纸质书籍受到极大冲击，出版纸质书籍遇到了很大困难。有的出版社也让我推荐过北欧作品，但大都是一本或两本而已，还有的出版社希望我推荐已经过版权期的作品，以此来节省一些成本。而中国国际广播出版社却希望出版以当代为主的作品，规模又如此之大，而且总编辑又亲临寒舍来说明他们的出版计划和缘由，我被他们的执着精神和认真态度所感动，更被他们追求精神品位的人文热情所感动。我佩服出版社的魄力和勇气。面对他们的热情和宝贵的执着精神，我怎能拒绝，当然应该义不容辞地和他们一起合作，高质量、高品位地出好这套丛书。

大家也许都注意到，在近二三十年世界各国现代化状况的各类排行榜上，无论是幸福指数，还是GDP或者是人均总收入，还是环境保护或者宜居程度，从受教育程度和质量、医疗保障到养老、失业等社会保障，还有从男女平等到无种族歧视，等等，北欧五国莫不居于世界最前列，或者轮流坐庄拿冠夺魁，或是统统包圆儿前三名，可以无须夸张地说，北欧五国在许多方面实际上超过了当今世界霸主美国，而居于当今世界发达国家最前列，成为世界现代化发展中的又一类模式。

大家一般喜欢把世界文学比作一座大花园，各个时期涌现出来的不同流派中的众多作家和作品犹如奇花异葩，争妍斗艳。北欧文学是这座大花园里的一部分，国际文学中，特别是西欧文学中的流派稍迟一些都会在北欧出现。北欧的大自然，由于地理位置、自然环境和气候条件，没有小桥流水般的婀娜多姿，而另有一种胜景情致，那就是挺拔参天、枝叶茂盛的大树，树木草地之间还有斑斓似锦的各色野花和大片鲜灵欲滴的浆果莓类。放眼望去，自有一股气魄粗犷、豪放、狂野、雄壮的美。北欧的文学大花园正如自然界的大花园一样，具有一股阳刚的气概、粗豪的风度。它的美在于刚直挺立、气势崴嵬。它并不以琴瑟和鸣般珠圆玉润和撩拨心弦的柔美乐声取胜，却是以黄钟大吕般雄浑洪亮而高亢激昂的震颤强音见长。前者婉转优雅、流畅明快，后者豪迈恢宏、气壮山河。如果说欧洲其余部分的文学是前者的话，那么北欧文学就是后者。正如鲁迅所说，北欧文学“刚健质朴”，它为欧洲文学大花园平添了苍劲挺拔的气魄。以笔者愚见，这就是北欧五国文学的出众特色，也是它们的长处所在。

文学反映社会现实。它对社会的发展其功虽不是急火猛药，其利却深广莫测。它对社会起着虽非立竿见影却又无处不在的潜移默化作用。那么，北欧各国的当代文学作品中是如何反映北欧当代社会的呢？它对北欧各国的现代化发展是不是起了推动促进作用了呢？也许我们能从这套丛书中看到一些端倪。

北欧五国除了丹麦，都有国土位于北极圈或接近北极圈。北极光是那里特有的景象。尤其到了冬天夜晚，常常能见到北极光在空中闪烁。最常见的是白色，当然有时也能见到五彩缤纷、绚丽多姿的北极光。北欧五国的文学流派众多，题材多样，写作手法奇异多姿，犹如缤纷绚丽的北极光在世界文坛上发光闪烁。

北欧包括 5 个国家：丹麦、芬兰、冰岛、挪威和瑞典。讲起当代的北欧文学，北欧文学史上一般是从丹麦文学评论家和文学史家勃朗兑斯（Georg Brandes，1842—1927）于 1871 年末在丹麦哥本哈根大学所作的《十九世纪文学主流》算起，被称为“现代突破”。从 19 世纪的 1871 年末到目前 21 世纪一二十年代的 150 年的时间里，一大批有才华的作家活跃在北欧文坛上。在群英荟萃之中，出现了几位旷世文豪，如挪威的“现代戏剧之父”亨利克·易卜生，瑞典文学巨匠——小说家、戏剧家斯特林堡和荣获诺贝尔文学奖的第一位女作家、新浪漫主义文学代表塞尔玛·拉格洛夫，丹麦 1944 年诺贝尔文学奖获得者约翰纳斯·威尔海姆·延森，芬兰批判现实主义作家尤哈尼·阿霍以及冰岛 1955 年诺贝尔文学奖获得者哈多尔·拉克斯内斯等。本系列以长篇小说为主，也有少量短篇和戏剧作品。就戏剧而言，在北欧剧作家中，挪威的亨利克·易卜生开创了融悲、喜剧于一体的“正剧”，被誉为“现代戏剧之父”，是莎士比亚去世三百年后最伟大的戏剧家。瑞典的奥古斯特·斯特林堡所开创的现代主义戏剧对世界戏剧产生了重大影响。戏剧是文学的一部分，所以我们在选编时也选了少量的戏剧作品。被选入本系列中的作家，有的是北欧当代文学的开创者，有的是北欧当代文学中各种流派的代表和领军人物，都是北欧当代文学中的重要作家，他们的作品经历了时间考验。

在北欧文坛中，拥有众多有成就有影响的工人作家是其一大特色。有的还获得了诺贝尔文学奖，成为世界级的大文豪。这些工人作家大多自身是农村雇工或工人，有过失业、饥饿或其他痛苦的经历，经过自学成为作家。他们用笔描写自己切身的悲惨遭遇，对地主、资产阶级的剥削和压榨写得既具体细腻又深刻生动。正是他们构成了北欧20世纪以来现实主义文学的主流。在这些工人作家中最突出的有丹麦的马丁·安德逊·尼克索和瑞典的伊瓦尔·洛-约翰松等。对这些在北欧文坛上占有重要地位的工人作家的作品，我们当然是不能忽略的，把他们的代表作选进了这套丛书之中。

除了以上这些久享盛誉的作家，我们也选了新近崛起的、出生于1970和1980年代的作家，如出生于1980年的瑞典作家乔安娜·瑟戴尔和出生于1981年的挪威作家拉斯·彼得·斯维恩等。他们的作品在北欧受到很大欢迎，有的被拍成电影，有的被搬上舞台。这些作品，虽然没有经历过时间的考验，但却真实地反映了目前北欧的现状，值得收进本丛书之中。

从流派来看，我们既选了现实主义作品，也不忽略浪漫主义、超现实主义和意识流的作品，力求使读者对北欧当代文学有个较为全面的印象。从作家本人的情况看，我们既选了大家公认的声誉卓越的作家的作品，也选了个别有争议的作家的作品，如挪威作家克努特·汉姆生，他是现代挪威、北欧和世界文坛上最受争议的文学家。他从流浪打工开始，1920 年成为诺贝尔文学奖得主，晚年沦为纳粹主义的应声虫和德国法西斯占领当局的支持者，从受人欢呼的云端跌入遭国人唾骂的泥潭，而他毕竟是现代主义文学和心理派小说的开创者和宗师，在 20 世纪现代文学中扮演了承上启下的转型角色。我们把他的"心理文学"代表作《神秘》收进本丛书。这部作品突破传统小说的诸多常规要素，着力于通过无目的、无意识的内心独白，以及运用思想流、意识流的手法来揭示个性心理活动，并探索一些更深层次的人生哲理。1978 年诺贝尔文学奖得主、美国作家艾萨克·辛格说："在我们这个世纪里，整个现代文学都能够追溯到汉姆生，因为从任何意义上他都是现代文学之父……20 世纪所有现代小说均源出汉姆生。"我们把这位有争议的作家的作品选入我们的丛书，一方面是对北欧和世界文学在我国的译介起到补苴罅漏的作用，另一方面也可进一步了解现代文学的来龙去脉，以资参考借鉴。

20 世纪 60 年代中期，瑞典出现了一种新兴的文学——报道文学。相当一批作家到亚非拉国家进行实地调查，写出了一批真实反映这些地区状况的报道文学作品。这批从事报道文学的作家大都是 50 年代和 60 年代在瑞典文坛上有建树的人物。如瑞典作家扬·米尔达尔是这种新兴文学——报道文学的代表人物之一，他的《来自中国农村的报告》（1963）成为当时许多国家研究中国问题的必读参考材料，被译成十几种文字多次出版。他的这本书材料详尽、内容真实、记载细腻而风靡一时。还有福尔盖·伊萨克松通过访问和实地采访写出了报道中国20世纪70年代真实状况的作品。这些文字优美、内容详尽的作品为西方读者了解中国起了很好的桥梁作用。他们的作品是在我国改革开放之前来中国写的，今天再来阅读他们当时写的作品，从中也能领略到时代的变化、改革开放的伟大成就。

总之，我们选材的宗旨是：尽量把北欧各国文学史中在各个时期占有重要地位的作家的代表作收进本丛书。本丛书虽有45部之多，是我国至今出版北欧丛书规模最大的一部，但是同150年的时间长河和各时期各流派的代表作家与作品之多比起来，45部作品远不能把所有重要作家的作品全部收入进来。

本丛书中的所有作品，除了极个别，基本都是直接从原文翻译，我们的目的是想让读者能够阅读到原汁原味的当代北欧文学。同英语、俄语、法语等大语种翻译比起来，我们直接从北欧语言翻译到中文的历史不长，译者亦不多，水平不高，经验也不足，译文中一定存在不少毛病和欠缺之处，望读者多多包涵，也请读者给我们提出宝贵的建议和意见，便于我们改进。

本丛书能够付梓问世，首先要感谢中国国际广播出版社执行董事张宇清先生和副总编田利平先生，田总编是在本丛书开始编译两年后参与进本丛书的领导工作的，他亲自召开全体编委会会议，使编委们拓宽思路，向更广泛的方向去取材选题。没有他们坚挺经典文化的执着精神和开拓进取的勇气，这部丛书是不可能跟读者见面的。我还要感谢本书所有的编委，是他们在成书过程中做了大量工作，从选材、物色译者到联系有关国家文化官员和机构，都付出了辛勤的劳动。不仅如此，他们还亲自翻译作品。没有他们的默默奉献和通力合作，这部丛书是难以完成的。在编选过程中，承蒙北欧五国对外文化委员会给予大力帮助和提供宝贵的意见，北欧五国驻华使馆的文化官员们也给予了热情关怀，谨向他们致以衷心的感谢。对编选工作中存在的疏漏和不足，还望读者们不吝指正。

2021 年 10 月

于北京潘家园寓所

石琴娥，1936 年生于上海。中国社会科学院外国文学研究所北欧文学专家。曾任中国－北欧文学会副会长。长期在我国驻瑞典和冰岛使馆工作。曾是瑞典斯德哥尔摩大学、丹麦哥本哈根大学和挪威奥斯陆大学访问学者和教授。主编《北欧当代短篇小说》、冰岛《萨迦选集》等，为《中国大百科全书》及多种词典撰写北欧文学、历史、戏剧等词条。著有《北欧文学史》、《欧洲文学史》（北欧五国部分）、“九五”重大项目《20 世纪外国文学史》（北欧五国部分）等。主要译著有《埃达》《萨迦》《尼尔斯骑鹅旅行记》《安徒生童话与故事全集》等。曾获瑞典作家基金奖、2001 年和 2003 年国家图书奖提名奖、第五届（2001）和第六届（2003）全国优秀外国文学图书奖一等奖、安徒生国际大奖（2006）。荣获中国翻译家协会资深荣誉证书（2007）、丹麦国旗骑士勋章（2010）、瑞典皇家北极星勋章（2017）、翻译文化终身成就奖（2024）等。

爱的延搁

——代译序

2015年，我在冰岛大学Daisy Neijmann（黛西·奈伊曼）教授的当代文学课上第一次读到斯泰诺恩·西古尔达多蒂尔（Steinunn Sigurðardóttir，1950— ）的中篇小说《鱼的爱情》（*Ástin fiskanna*）。那时我21岁，冰岛的求学之旅是我人生中第一次国际旅行。这世界终于被我掀开了一角，我怀着某种近乎贪婪的热情，毫无保留地去爱恋我所遭遇的一切。凭着一种对于绝对开端的幻想，我仿佛能够“清空”自己，在这崭新的世界里，去获得又或是创造出一个全新的自我。我想要将自己的全部奉献给周遭的一切，用某种“爱”与这新世界中的万物勾连（这种联结，便是爱）；我抹去自己，但这也意味着，这个全新的自我，是由我亲手塑造馈赠给自己的。这样的爱恋，却因为凝缩着独在异乡的新鲜与孤独，时常引出某种失落与茫然。在绝对自由的中央，仿佛有一道残影徘徊不去：作为过客的我，是凭着什么得以去爱的？我朝向我的所爱清空自己，但这被爱的世界，又是否会珍视与回应我爱的献礼？如若不然，我的存在是否将被全然否定？我怀着这样的情绪与思索，在当代文学中与《鱼的爱情》邂逅。我立即被它打动，决意将它翻译出来。这应当也是我第一本完整阅读的冰岛小说。事后回想，我一定是在这本小说里过度地“发现”了自己，何况以自己当时的冰岛语水平，与其说我是通过对语句的逐帧解码，不如说我是以某种更加原始的“阅读”方式来体悟这部小说的：某种“自恋的经济”，某种身体性与情感性的认同与模仿（*mīmēsis*）。我依稀记得书中冷冽天气与炽热天气的交替，记得萨曼塔与汉斯命运般的相遇与分离，记得那句谜语般的“当时发生的事情从未在当时发生。一切都在事后发生……”。

从某种意义上说，这次翻译也是我对这部作品的“第一次”**阅读**。在接下来的文字中，我会提供一些对小说的介绍与解读，或许我也可以说，我在这里所做的，亦是对这部小说、对十年前的自己的一场“劫持”。萨曼塔说：“这场劫持，不为了达成劫持的任务，去翻开崭新的一页，而为了最终封印与决断发生过的一切。”也就是说，去决断、去**第一次**理解究竟发生了什么，因为一切都在事后发生……

一

“鱼的爱情和它们本身一样冷。”

——尤纳斯·哈德格里姆松。（译自　乔治·居维叶）

小说的题记引自冰岛19世纪浪漫主义诗人尤纳斯·哈德格里姆松（Jónas Hallgrímsson，1807—1845）在其创办的*Fjölnir*杂志（1836年第二期）上发表的一篇翻译。这篇名为《鱼的天性》（*Af eðlisháttum fiskanna*，或译作《鱼的本性》）的文字，摘译自法国博物学家、比较解剖学家、动物学家居维叶（Georges Cuvier，1769—1832）的鱼类自然史研究（*histoire naturelle des poissons*，1828），原文如下：

鱼的爱情（*Ástin fiskanna*）和它们本身一样冷；它不过只是个体暂时的需求。仅有几种会结成配偶（*maka*

> *sig*）；在所有其他种类中，寻找卵的多为雄鱼，而非雌鱼。它们（雄鱼）只能在不知母体、不见子代的情况下为卵受精。母性的喜悦对于绝大多数鱼类也是陌生的；几乎没有哪种鱼类会筑巢或是照顾幼代。简言之：鱼类的家政（*búskapur*），在每一处细节上，都与鸟类截然相反。①

什么是鱼的“爱/爱情”（*ástin*）？这里对应的法语原文是什么？在其鱼类学与自然史研究中，居维叶会使用这样一个浪漫的词汇吗？还是说，这是从法语到冰岛语的翻译过程中，难以避免的一次“扭曲”？人类（作为动物之一种）之间的两性情感固然被称作爱情，但这一概念与现象能否直接挪用到其他物种身上呢？而仅在这一段文字中，我们即见证了概念本身的滑移：本段的主题“爱/爱情”，首先在第二句中被规定为一种“配偶关系”（*maka sig*），而在段末则又被等同于“家政”（*búskapur*），也即“经济”。②爱情、婚姻、配偶、家庭、繁衍——这些现象真的可以被等同起来吗？这也正是小说的叙事者萨曼塔会提出的疑问：人类的爱情（动物的“爱情”）被社会与法律、生命与身体、经济与生活重重规定，却并不能被简化为这些规定本身，而是保持着某种超越性的“本质”。正因为此，对于爱情的把握却也困难重重，因为并不存在着某种“纯粹”的、

---

① 冰岛文见 timarit.is/page/2012309#page/n7/mode/2up，bls.9。

② 在与冰岛语相当接近的法罗语中，búskapur 意为经济；英语等语言中的 economy（法语 économie、西班牙语 economia、德语 Ökonomie）则源自古希腊语中的 οικονομία［oikonomia，*oikos*（家庭）+*nomos*（管理）］。

未被以上种种规定所中介、所“译介”的爱情。

那么，这本小说始于翻译——主人公萨曼塔本人也是一位译者，她正在翻译“古老的印度爱情诗”。我没能找到居维叶的法语原文，来与尤纳斯·哈德格里姆松的译文对照。但题记的格式清楚表明，虽然这是一句翻译，斯泰诺恩却将这句话的“作者性”归于尤纳斯而非居维叶：这是一句属于尤纳斯的创作。正如前文的分析，“鱼的爱情”这一表达或许会唤起读者的诸多疑问，然而通过尤纳斯创造性的转译（哪怕是“误译”），某种**独属于冰岛语**的诗意却悄然生成。[①]实际上，19世纪的冰岛浪漫主义创作（不仅是诗歌与小说，还有例如*Fjölnir*等期刊与杂志上的散文与翻译），对于现代冰岛语的形成具有深远的影响，大大丰富了冰岛语的词汇与句法，冰岛语中通行的许多词汇即由尤纳斯·哈德格里姆松首创。作为诗人的斯泰诺恩也以其对冰岛语词汇不拘一格的创造而备受赞誉。[②]例如，近年来因全球变暖，冰岛的多座冰川开始消融，甚至有消失的危险。斯泰诺恩对“气候变化”一词所隐含的“客观”与“中性”态度不以为然，她致力于从语言的层面唤醒、影响冰岛民众对于气候灾难的切身感知。她独创的词汇 *hamfarahlýnun*（灾难性变暖）如今已是冰岛气候话语中的有机词汇。斯泰

① 在斯泰诺恩最新的自传式作品《诗人的故事》（*Skálds saga*，诗人的“萨迦”，Mál og menning，2024）中，她回顾了自己55年来的诗歌与小说创作生涯与经验，贡献了一堂现身说法的“写作课”。在书中（第28–29页），她说《鱼的爱情》是自己所发现的最难忘的标题之一。

② Þorleifur Hauksson, „Orðasmíð í ljóðmáli Steinunnar Sigurðardóttur“, *Tímarit Máls og menningar* 2021（1）, tmm.forlagid.is/ordasmid-i-ljodmali-steinunnar-sigurdardottur/。

诺恩一定相信，诗歌的语言能为我们赋予一种独特的敏锐，然而，这种对词语与现实之间微妙关联的探索，却不应仅限于某种“文学”的特权；只有当真正嵌入了每一位语言使用者的日常表达中时，这种敏锐才能真正释放其社会性的变革力量。

二

“当时发生的事情从未在当时发生。一切都在事后发生……”

那么，小说**当中**到底发生了什么呢？我们首先注意到，小说以追忆与倒叙的形式开篇。第一人称的叙事者“我”萨曼塔立于窗畔，散漫地让目光游荡。作品以现在时态开篇，而**现在与当下**的一切都显得无比颓败（花朵、台阶、婴儿车、铁皮房），仿佛现时的一切都是**不合时宜**的。或许这是对某种线性时间性，某种物质性的命运与节韵的接受：一切物质都是有限的，会随着时间的流逝而消殒；花期已过，**昨日**的盛放后，玫瑰已然凋零；与其说**现在**是与**过去**的断裂，倒不如说**现在**只是**旧日**绵延而来的余影。小说开篇这一追忆的叙述姿态与时间性就显得尤其意味深长，因为我们看到，“我”不断将思念的时间线向前推移：首先是对“昨天”遇见汉斯·约里格松的回顾，接着是**过去的过去**，汉斯在“新年前夜的前夜”（12月30日）打来的电话，直到“我”百无聊赖地开始描画起瑞士木屋（记住这个重要的细节），“追想着汉斯·约里格松的故事……这段故事已经结束了，而它开始于三年前，也是在这个时节，实话说是同一天……。”接着，叙事由现在时转为过去时。直到某页，“电话响了起来”，萨曼塔的追忆结束，叙事重新转入现在时。

读罢小说，读者或许会注意到，萨曼塔与汉斯的故事（一个“已经结束了”的故事）中充满了这些命运般的巧合与重复：在城堡的台阶、在机场的到达厅、在雷克雅未克的街道上。三年后的**同一天**，他们再度相遇，仿佛有某种命运的指引（去过冰岛的读者可能会心一笑：在雷克雅未克这个小城里，碰到熟人是一件再平常不过的事）：也许一个生命的周期与轮回终将结束。然而，这些奇遇或奇迹般的相遇，或许会再度勾起读者的疑惑：难道《鱼的爱情》只不过是又一部格式化的爱情小说？乍一看去，小说极简的情节（“萨曼塔爱上了有妇之夫汉斯”）似乎也印证了某些对于爱情小说的刻板印象。我想，也会有读者从道德的角度去评判萨曼塔。我希望从三个角度来处理这个问题：

首先，是小说的自反意识。精致的幽默与反讽是斯泰诺恩作品的一贯风格。在《鱼的爱情》中，斯泰诺恩也有意识地戏仿了读者对于某一文体的惯性期待，调用了城堡、玫瑰、骑士等常见的浪漫与爱情意象。然而我们应当注意到的是，一方面，小说的场景设定与情节发展形成了某种反讽的又或是反浪漫的张力。（例如文中“月亮从云后浮现，夜月的皎光倾洒在他头上。”“我看到他苔绿色的脸，头发泛着粉红，不由得心中一惊。……”）；另一方面，每个童话般、符号化的意象都至少有两种意涵相悖的再现：城堡内室与外部的分裂，黑色与橙色两种玫瑰的对立，在怪诞与唯美之间横跳的孔雀，冰冷与炽热的爱情［以**分离**（体外受精）为特征的鱼的爱情，和以**结合**为许诺的人的爱情］，等等；就连作为某种骑士代表的风流倜傥的汉斯，也更令人想起堂吉诃德（“杜希尔公司”的桥段），他的朋友古德蒙杜尔或许充当了桑丘·潘沙的角色。

冰岛大学教授Alda Björk Valdimarsdóttir（阿尔达·比约尔克·瓦尔迪马尔斯多蒂尔）将《鱼的爱情》解读为萨曼塔本人创作的一部爱情小说，汉斯也就是萨曼塔笔下的人物。[①]的确，在小说开篇，我们看到萨曼塔“手里擒着笔”，“在打字纸上写写画画”，萨曼塔似乎被以一位写作者与翻译者的形象内嵌于小说中。Valdimarsdóttir给出了更多文本证据。最重要的，汉斯的名字即有双关含义：Hans是冰岛语中第三人称单数他*hann*的属格形式（他的）。从这一象征的角度来看，**他**可以说是女性幻想中的完美男性形象；也正因此，**他**也仅仅是一个幻想的**形象**，并非“现实”中（小说虚构世界中独立于萨曼塔存在）的那个汉斯。在Valdimarsdóttir看来，读者所读到的萨曼塔与汉斯的故事，不过是萨曼塔对于爱情的想象与期待。在她笔下的故事中，每一次两人的相遇与结合，都标志着他们在“现实生活”中的绝对无关联，甚至连他们在故事当中最终的离别，也被Valdimarsdóttir视作萨曼塔一厢情愿的浪漫幻想：“这不是一个爱情故事，只是对爱情故事的愿望。”[②]如此，小说中的所有巧合都被视为萨曼塔想象世界自洽性的体现：她的

---

① „ ‚Á tímum VARANLEGRA ÁSTARSORGA‘: Ástin, dauðinn og lesandinn í þremur skáldsögum eftir Steinunni Sigurðardóttur“, *Skírnir* 2006 (vor), bls. 179–206, hér 185–91。

② „ ‚Á tímum VARANLEGRA ÁSTARSORGA‘: Ástin, dauðinn og lesandinn í þremur skáldsögum eftir Steinunni Sigurðardóttur“, *Skírnir* 2006 (vor), bls. 187。

桌上摆有**两只**酒杯、她"出于某些原因"在冰箱里存着凉起泡酒、她与汉斯"都睡着了，我想是在同一刻"，便统统不足为奇了。[①]而当"在红溪街上我的后花园里的这棵花楸树下"，她和汉斯"宛若两肋相衔（*samfastir á síðunni*）的暹罗孪生子，吻了好久好久"之时，或许他们并不是真的两肋（*síðunni*）相衔，而只是在纸页（*blaðsíðunni*）上交会而已；汉斯将萨曼塔劫去的那座海滨木屋，也不过是萨曼塔在小说开篇时，在打印纸上描绘出的虚构之所。[②]如果"当时发生的事情从未在当时发生。一切都在事后发生"，那么也许真的什么也没发生：一切都只在萨曼塔的脑海中发生。

这是一种残忍的解读。它忽略了小说对叙事回环（现在时—过去时—现在时）的运用，也无视了其对于爱与时间性之间错综关系的探索（我们将在稍后返回这一点）。但我想，借由Valdimarsdóttir的分析，我们应当注意的是爱情、叙述与形象三者之间的关系。如果说，汉斯只是爱人幻想中塑造出的被爱者的**形象**，只是爱情理想化的产物，因而难以避免某种扁平与刻板，那么我们该如何阅读萨曼塔的叙述中汉斯对于**她的形象**的塑造呢？在对过去的追忆中："他试图让我暖和起来，开始热情而审慎地捏塑起我的身体，仿佛我是他两手之间的一尊活雕像。"以及回归现在

① „ ‚Á tímum VARANLEGRA ÁSTARSORGA‘: Ástin, dauðinn og lesandinn í þremur skáldsögum eftir Steinunni Sigurðardóttur“, *Skírnir* 2006 (vor), bls. 188n15。

② „ ‚Á tímum VARANLEGRA ÁSTARSORGA‘: Ástin, dauðinn og lesandinn í þremur skáldsögum eftir Steinunni Sigurðardóttur“, *Skírnir* 2006 (vor), bls. 190。

（时态）之后：“我们躺进沙发里，汉斯抱着我，恰如我曾梦想过的那个场景：也许有一天，他能再次拥我入怀；他抚摸着我，捏塑着我，仿佛我是一座骨与血与肉的雕像。”在另一位冰岛大学学者 Ástráður Eysteinsson（奥斯特劳杜尔·埃斯泰因松）的解读中，这种“被动性”充满了反讽意味。一方面，异性与爱情的介入，使得萨曼塔开放自我，放弃了她曾引以为傲的**自我塑造**：那个无需爱情、独立自主的当代职业女性**形象**。[①] 另一方面，“人们为所爱之人构建的形象——（往往会被升华）为一种爱的偶像。我们将他人，尤其是我们所爱之人，塑造成为偶像，又将它们作为我们认知世界的指引”[②]。

或许我们应当反思的是：在所谓**现实生活中**的爱情里，在与所爱之人的身体与情感关系之中，我们是否也在有意或无意地进行着理想化的塑造？法国哲学家阿兰·巴迪欧在《爱的多重奏》中解读精神分析家雅克·拉康的性差理论时说：

> 性并不使人成双成对，而是使之分离。当您赤身裸体与他（她）贴身相对，这其实只是一种图像，一种想象的表象。实在，却只是快感把您带向远处，远离他人。实在是自恋式的，其关系是想象的。因此，

---

① 关于 20 世纪 90 年代冰岛女性文学与第二波女性主义的关系，见弗丽达·奥·西古尔达多蒂尔的小说《夜逝之时》（张欣彧译，中国国际广播出版社，2019 年版）及译序。

② „Fuldkommen historie om kærlighedens ufuldkommenhed: Adskillelsens kunst / A perfect story about the imperfection of love: The art of separation“, *Nordisk litteratur / Nordic literature* 1994, bls. 66–7。

拉康断言，性关系不存在。

但爱并不能等同于性，而是对性关系的增补：

> 如果在性之中没有性关系，那么爱就是用来填补这种性关系的缺乏。……在爱之中，主体尝试着进入“他者的存在”。正是在爱之中，主体将超越自身，超越自恋。在性之中，最终，仍然只不过是以他人为媒介与自身发生关系。他人只是用来揭示实在的快感。在爱之中，相反，他者的媒介是为了他者自身。正是这一点，体现了爱的相遇：您跃入他者的处境，从而与他人共同生存。[①]

萨曼塔是否超越了自恋式的享乐与想象，跃入“他者的处境”，我想交由读者去自行决断。但在这里，我希望再提供一种阅读**形象**——继而阅读爱与形象之间的关系的思路。我将回到《鱼的爱情》与堂吉诃德的对照。我们提到，二者均为对骑士故事的戏仿与重写。在德国语文学者 Werner Krauss（维尔纳·克劳斯）的分析中，堂吉诃德“踏入、开启并占据了一种‘例外状态’（*Ausnahmezustand*）……他周围的每个人都因这种状态而蒙惠，经历了向虚构化（*fictionalization*）的进阶。他的世界观具有一种完满性……他所遭遇的一切都从偶然和随机提升到了必然的状态”。——巴迪欧所论及的爱的“超越性”，

① 《爱的多重奏》（邓刚译，华东师范大学出版社，2012 年版），第 50 页。

与Valdimarsdóttir、Eysteinsson等学者围绕形象、巧合、叙述三者关系的解读，在此相遇了——“魔法在这个世界施下咒语，唯有堂吉诃德仍记得这个世界曾属于骑士精神。可他并不着意于复原一个业已失落的时代，而是力求为现状（*status quo*）祛魅。……借由攻击矛盾以掌控当下，堂吉诃德像‘一场宇宙意外’般降临于各个场景，‘在一瞬中揭露出日常生活的脆弱性’。每一个场景都是社会的各种代表（人物）接触、冲突与和解的契机。”[①]借此，我们或许可以想象虚构化、理想化所潜藏的某种**批判性**力量。爱，或许也以攻击现实当中的**矛盾**的方式——我们回到了前面讨论的爱与社会、法律、生命、身体、经济、生活之间的矛盾——来批判社会当下的现状，去促成某种社会性的“接触、冲突与和解”。[②]

其次，我想简单提及《鱼的爱情》的另外两个方面。

一方面，是小说对于冰岛浪漫主义文学的古朴语言的出色运用。冰川、峡谷、溪流、花卉、植被、鸟类、雨雪、风暴、午夜的阳光……这些冰岛自然元素（以及与之对照的欧洲大陆“四季分明”的自然与气候）绝不仅仅充当着

① Laurence A. Rickels, „ Notes on the Language of the Third Reich“, *MLN* 2022 (3): 586–600，hér bls. 594; Werner Krauss, *Miguel de Cervantes: Leben und Werk* (Luchterhand，1966)。

② 张洁（1937—2022）1979年的名作《爱，是不能忘记的》中有这样的追问：“如果我们都能够互相等待，而不糊里糊涂地结婚，我们会免去多少这样的悲剧哟！到了共产主义，还会不会发生这种婚姻和爱情分离着的事情呢？既然世界是这么大，互相呼唤的人也就可能有互相不能答应的时候，那么说，这样的事情还会发生？可是，那是多么悲哀啊！可也许到了那时，便有了解脱这悲哀的办法！”（广东人民出版社，1981年版，第121页）

萨曼塔、汉斯与埃林古尔的爱情故事的“背景”，它们实在也是小说当中的人物。在小说的结尾，一只金鸻（在冰岛是春天到来的象征）：

> 靠近我，比平常还要近得多，它鼓起胸脯，唱起“迪——迪——”，仿佛要在这音符上爆裂开来。同一只金鸻也曾为你放歌：在这个地点，在这个时刻，在如洗的碧空下，在我们第一次相会结束后，我感谢这忠诚的候鸟，从那一年的那一刻为我携来问候。

另一方面，如果说这是一部“**萨曼塔的小说**”（她是这个故事毋庸置疑的主人公，甚至也是这个故事某种意义上的创作者），那么在小说结尾，她也从这个故事里脱身而去，逃离开来。在结尾的那场追逐与逃亡游戏中，叙事的节奏骤然加快，仿佛萨曼塔在小说的结局终于追赶上了时间，达成了此前的叙事所未能达成的叙述与行动之间的同时化与同步化（synchronisation）。而在萨曼达抵达北河之际，叙述又复归平宁——抑或进入一种奇妙的静止。在这里，我们似乎能看到萨曼塔如何逐渐淡出小说的框架，于北河之畔隐入了自然。（“客厅里挂着两幅克亚尔瓦尔的作品，画的都是熔岩原，其中一幅画上，联翩回伏的熔岩丘让人不禁想要躺进去，消失其间……”）而再一次，我们见证了一种神秘的、宿命般的重复：萨曼塔逃离了汉斯，却在不期然间、宛若心灵遥感［telepathy；*tele*（远距）+ *pathy*（感应）］一般（“我感到这辆自动换挡的汽车仿佛被遥控一般”），踏上了他曾踏上的**同一条**旅途，来到了北河边上他曾停憩的**同一地点**，**同一只金鸻**也来为她放歌；“那时新夏初临，洒下超越凡尘的光芒。驿站里传来一阵震耳欲聋的手风琴声……却一个人影也看不到，没有一点活物的动静，只有歌唱的鸟儿。”倘若四下无人，那么是谁在高歌？在这“超越凡尘的光芒”的笼罩下，萨曼塔是否也超脱了凡尘，进入了某种神秘的境地？一种“永恒”？（巴迪欧写道：“‘我爱你’……，其实说的一直都是‘我永远爱你’……。不要害怕我用的这些词。把偶然固定，就是宣布某种永恒。……根本说来，这就是爱：一种永恒的宣言应该在时间之中实现或者展开。永恒在时间中降临。”①）

从汉斯身旁逃离开，萨曼塔是否逃进了某种自我的封闭世界呢？而汉斯与萨曼塔的旅行的重叠，难道不在暗示着某种超越自我/他人的**共享**？橙色的玫瑰“比红色还要红”：“因为它不是红色的”。这否定之否定，难道不说明萨曼塔与汉斯已经超越了在分离与结合之间反复拉扯的爱情辩证法？让我们再一次借用巴迪欧的词句：“因为此时此地，两人都已融入同一世界之中。当此际，爱就是这种悖论，这种同一的差异性和差异的同一性……透过我们之间的差异性，世界朝向我们展开，世界来临、世界诞生，而不再只是填满我的视线。于是，爱一直是一种可能性，一种参与到世界之诞生的可能性。”②或许在此刻，我们可以去设想：萨曼塔是否已经打开了**另一个**全新的世界。

---

① 《爱的多重奏》，（邓刚译，华东师范大学出版社，2012 年版），第 78 页。

② 《爱的多重奏》，（邓刚译，华东师范大学出版社，2012 年版），第 55 页。

三

斯泰诺恩·西古尔达多蒂尔生于1950年，是冰岛当代最著名的作家与诗人之一。时间、爱、自然、女性、家庭与孩童是其作品的常见主题。她的文笔细腻而敏锐，充满精致的幽默与反讽，具有强烈的现代文学意识。她的首部长篇小说《时光小偷》（*Tímaþjófurinn*，1986）曾轰动一时，诗歌与叙事在作品中交叉进行，破碎的叙事中隐匿着一段禁忌之爱的汹涌与绝望，该作品曾获北欧理事会文学奖提名。1995年，斯泰诺恩凭借小说《心的位置》（*Hjartastaður*，1995）获得年度冰岛文学奖，并获北欧理事会文学奖提名。2023年，斯泰诺恩凭长篇小说*BÓL*再度获得冰岛文学奖。此外，她还著有10部诗集、3部短篇小说集与12部小说。近期，她的创作更加关注气候与环境问题，特别是冰川融化等严峻的生态危机，致力于以诗意的语言唤醒人们对自然的关注。

这篇译序并未详细介绍斯泰诺恩的其他作品，也未深入剖析她在冰岛文学界独一无二的地位。我们因此在《鱼的爱情》后附上了斯泰诺恩的一篇短篇小说《女人与羊》（*Kona og kind*），以期向读者展现斯泰诺恩在其他体裁中的成就。《女人与羊》首发于《世界文学》杂志冰岛文学小辑（2018年第6期），收入本书时经过了最新修订，修正了先前译文中的错误。

张欣彧

2024年岁末于伊萨卡

张欣彧，1994年生于吉林，冰岛大学冰岛文学硕士，康奈尔大学比较文学博士在读，从事冰岛文学翻译与研究。曾获冰岛文学译者奖金，主编、主译《世界文学》杂志冰岛文学小辑（2018/6），译有《酷暑天》（人民文学出版社，2017）、《夜逝之时》（中国国际广播出版社，2019）、《风暴鸟》（湖南文艺出版社，2022）等。

本书献给

古德伦·西古尔达多蒂尔

鱼的爱情

“鱼的爱情和它们本身一样冷。”

——尤纳斯·哈德格里姆松。（译自　乔治·居维叶）[①]

① 尤纳斯·哈德格里姆松（Jónas Hallgrímsson，1807—1845），冰岛浪漫主义文学时期最著名的诗人，也是一位自然学家；乔治·居维叶（Georges Cuvier，1769—1832），法国博物学家、比较解剖学家、动物学家，被誉为“古生物学之父”。

昨天我在主街[1]碰上了汉斯·约里格松。他瘦了，我觉得更衬他了。我跟他打了招呼，但假装正在赶路。离我上次见他的那蟒影一闪，也是在主街上，已经有8个月了；离他上次打来电话，在新年前夜的前夜，也已近半年。

我原不是要想这些，而是准备趁着星期五同事们吃漫长午餐的当儿，好安静地读读校稿。这是些古老的印度爱情诗，是我几年以来的闲译。

我摆好工作的架势，手里擒着笔，这时却瞧见窗台上的夏威夷玫瑰都垂着头、丧着气，于是我起身去浇水，摘下上面败了的花苞和干瘪了的花朵。从猫咪的玩乐场里——一座堆着残破晾衣竿的长条后院——长叶酸模的新叶间传出咻咻的发情喵叫。我在窗前磨蹭，瞥到一条毛茸茸的尾巴从婴儿车里扭出来；车子大腹便便，搁在院子尽里的碎台阶旁。台阶通向一间披厦，而不通向任何门扉，披厦则挨着一座闲置许久、只待拆毁的瘦窄的波纹铁皮房。我会为这间丑陋的小屋的消失而惋惜，我希望我能在窗边瞧它多久，它就能继续矗立多久。

我实在懒得收这些校样，转而到冰箱里取来干雪利酒，趁着工作中的这份清净，在打字纸上写写画画，描着各种式样百叶窗上绘有心形的瑞士木屋，追想着汉斯·约里格松的故事；昨天在主街上，他的表情好奇怪。这段故事已经结束了，而它开始于三年前，也是在这个时节，实话说是同一天，大致如是：

白天我独自一人，我的朋友都出门工作了。这间寓所其实建在某种城堡的阁楼上，上面嵌着一些小窗子。我在

---

① 原文为Laugavegur，是雷克雅未克市中心的主要商业街道。

心里管我的房子叫作主堡的支堡。主堡耸立在山坡上，阴暗庞大，一连几个小时我都从我的厨房窗子眺望着它。它仿佛是矗立其上的那座悬崖的延伸，雕刻的方式却与这基座不同，所选岩类的颜色也更浅。炭黑的悬崖在雨色间煌煌放光，看上去像是黑曜石做的。

自从我来到这里后，便一直准备去参观城堡的内部。有一天我爬了三十二级台阶，却掉头回去了，因为我觉得阳光这么盛，不该到城堡里头去。同时我又想，这也算不得什么逻辑，毕竟我自己时下就住在一座小城堡里。

上午我偶尔会翻看印度的爱情诗，以翻译作消遣。到了下午，我便去城里漫步，要是没出太阳就去逛博物馆。有一个星期，我每天都去研究提香的那幅《人生三阶段》[①]。少女与恋人于树下对坐交谈，她裙上的红色我以前从未见过。有时我在睡前试着回想这抹颜色，祈望自己能够梦见它。可我从不曾在早晨时分记得它在睡眠的暗室中显影过。

稀奇的是，我生出了思乡的情愫。国外生活于我已是惯常，到了这里却变了。从我的卧室能俯瞰到铁轨，夜晚爬上床前，我瞧着列列火车驶过，一路奔没了影踪；说真的，我也想跟这些火车一起离开，加紧回家的归途，可我没有想过要将这想法付诸行动，那会让我的朋友大吃一惊的。

家乡的春天姗姗来迟，人们等待好时节都等得心焦，

---

① 《人生三阶段》（*Le tre età dell'uomo*，1512—1514），意大利文艺复兴时期画家提香·韦切利奥（Tiziano Vecelli，1488/1490—1576）的一幅著名油画，现藏于爱丁堡苏格兰国家美术馆。画作的右侧是一对酣睡的孩童，其旁有个天使守护；左侧有一对互相凝视的恋爱男女；居中的远景中则是一位与头骨对视的老人。

而当夏天终于到来时，却来得异常突然，此后则是绵绵不绝的好天气。这可一点不像冰岛夏天的做派：这个习惯在一阵阵搐缩中到临，又没完没了地倒退回去的季节。我开始每隔一天打电话给妈妈询问天气。我从她的声音里听出她觉得这很可疑，但出于纯粹的礼貌，她还是将对话维系下去，每回都说这根本不是天气变好了，而是臭氧层变薄了。“好事从何而来，有什么紧要的吗？”一次我问道，妈妈则说：“我不好说，然后有些勉强地笑了笑。”

有时我会坐在主堡脚下的室外咖啡厅，喝着难喝的咖啡，假装在观察周遭的大千生活：风吹日晒的母亲们，带着胖乎乎的小婴儿；红发的游吟歌手，唱着*Streets of London*[①]；拿着录影机的日本游客；卖玫瑰花束的驼背女人。但我最常注目的还是城堡下的那面崖壁，纤小的白花在岩缝中吐放，教我成日想念起斯卡夫塔山[②]。我想在那里漫步，走在去莫斯河谷[③]的路上，虽然我知道那里不会有早春与暮秋时的安谧，知道现在到处都充斥着人、帐篷和车子。我想看溪畔的桦叶，在焚风与日色间映耀，还有冰川，耸拔于周遭一切，那样的广袤，实则是许多座冰川的合体，有着诸多不同的名字。我的眼睛渴求坡上的蓝草[④]，掩映在所谓冰岛“森林”的低矮灌木间；水流回湍，锉磨着这片小小森林，从黑沙原间漫流过一段错综的旅程，直至黑沙止于一片无港的海岸。那里曾有许多丧生的外国水手被冲上岸来，但也有人得救，与当地的女人有了孩子。这片广漠

---

① 英文，伦敦街道。

② Skaftafell，位于冰岛东南部。

③ Morsárdalur，斯卡夫塔山区的一座冰川山谷。

④ 原文作 blágresi，是一种蓝色小花，天竺葵属。

的沙原是一座死灵园，葬着各个时代遗下的船身。那里栖着维京船，船头的龙首撑开大口，并着世纪之交的纵帆船、拖网渔船的残片，另则还有一座行走的宝库，一艘17世纪的荷兰旗舰，满载着金条与中国瓷器，等候着末日审判时从地心深处启航，除非冒险家们先行一步，将它连同其上的所有一并掘出。

我松垮着肩膀，坐在一张小圆桌旁，循着峭绝的岩壁向上眺望，看它愈往高处愈变作一座堡垒；这时候，我觉得只消一天，置身于那些斑斓异常的夏时小花中间——三色堇、风铃草、掌裂兰——只一天，就会是幸福的一天、新纪元的一天，那些连我自己也不清楚的心愿都将浑然成真，只要我能到一块溪中石上，踞石而坐，目光追随它流过一小段旅途；这场旅途将经由沙原上的水网，汇入同一处巨大的涌泉。一只金鸻会在我脚边唱起欢跃的迪灵迪灵，白鹡鸰尖声啁啾，俏皮地挑逗。或许我会碰上一丛罕见的蕨草，叶柄径自从石岩里长出，还有一株冰岛刺柏，在毛桦与柳树的荫蔽下茁壮。我不求更多，只要在这唯一的地方，度过这唯一的一天，即便有全世界挎着相机的观光客来打扰。我只能接受。那里是我向往的所在，趁那短暂的仲夏勾留之际，在林中空地间休憩，然后继续我缘溪而上的旅行，攀上陡坡，尽可能地靠近冰川——这耀成洁采的茫茫阔野，好似一座国中之国，从空中纵眺的视角我最为熟悉。

我从前见过他，却不记得他叫什么。在城堡门口碰见我时，他一下子认出了我，说："打扰了，你是萨曼塔吧？"我说："没错，我叫萨曼塔，是为了纪念我妈妈的一位英国女友而取的名字。她去世了。"

他微微地笑，主要是用眼睛，说自己叫汉斯·约里格松。

“我知道。”我说，因为我立刻记起来了，同时又为自己向一个陌生人解释自己的名字而涨红了脸。

“也许这次我可以，”我说，“上一次因为是晴天，我不想进去，就掉头走了。”

“等我们出来的时候一定还是晴天。”他说，然后坚持为我付了门票钱。

我们在里面逗留许久，尽管在这暴晴的天气，里面还是一片昏暮，有一种只有城堡里才有的寒冷，还有一股气味让我难以言喻，但肯定跟许多个世纪以前，当这里的住户还是真实存在的人，而非像我们这样走马观花的摇影的时候，是同样一种。

我们表面上在认真观览，更多却是在谈天说地，而对于这座我一直预备着进入的建筑，我还是不甚了了。

汉斯得知，我跟朋友住在一座小城堡的阁楼顶上。“城堡上的阁楼也叫阁楼吗？”他问。“我不知道，”我回答说。我想不到用更好的词来形容。

透过一面“舷窗”——按照汉斯的机智叫法——我将我的住处指给他看。他觉得真的奇妙极了。

我问起他的旅行，原来他正在上一门为经理开设的计算机课。还剩两天。

他回问时，我说自己主要是来度假的，又急忙补充道：“另外，我每天早上闲来还会翻译些诗歌，权当消遣了。”

“什么样的诗呢？”他马上问。

“噢，是些印度的爱情诗。”

“很古老的。”我补充道。

一时间，他好像被这话弄得左右为难似的。我们都沉默了，最后我说：

“我原本是要再待两周的，当然了，我也准备继续待下去，可是我像个小孩似的，竟然想家了。我想去斯卡夫塔山，我是不是不大正常。”

“我不这么觉得。我跟你一样，也很想去那儿，不过我的借口可能更好吧，我在厄勒菲①乡下待过八个夏天。”

“再没有比那儿更壮丽的地方了。”

“但是真的太偏僻了。我得先搭飞机到法厄尔侯斯米里②，又或者坐船到霍尔纳峡湾③。整个冬天我都盼着去东部，考试一结束我就立刻出发。”

“你以前想当农民吗？”

“是的，特别想。但是我觉得没有未来，就转头经商了。”

我们出来时，外面下着倾盆大雨，没有带雨伞的我们飞快地冲下七十二级台阶。我们不约而同地钻进第一个出现的酒吧。这个酒吧的名字叫“大脚油门”。葡萄酒的种类很多，汉斯仔细研究完酒单后，点了一杯昂贵的波尔多红酒。我效仿他，点了同一种。骤雨过后，我们都浑身湿透了，我看见雨滴从他耳后溜进蓝色衬衫的领口。皮肤有些油腻，没有一丝皱纹。我们碰杯，用他选择的酒。

我忍不住调侃他，他的天气预报一点儿也不准。他说过，我们出来的时候肯定还是晴天。

“这是要进城堡的人必须冒的风险，”汉斯微笑着说，

---

① Öræfi，意为“荒原”，冰岛东南部区域，斯卡夫塔山即坐落于该区。

② Fagurhólsmýri，意为“美丽山丘的沼泽”，荒原区的一座小镇。

③ Hornafjörður，东南部的一个峡湾，冰岛南岸的主要城镇霍芬镇（Höfn）即位于峡湾旁。

这一次是满脸的笑容。深陷的双眼成了两条小小的眯缝，说不好是什么颜色的。

他问起我的生活情况，但我不大愿意谈这些。他了解到的不过是我在一家出版社工作，以及两年前结束一段同居生活后，我一直自己一个人住。29岁，和他一样。我没问他的情况，但是当他提到一个我知道的女孩的时候，我想到他们可能是一对。同时我又记起，她爸爸有一家大型的进口公司，汉斯就在那里工作。

时间快到8点，汉斯已经决定我们要一起吃饭。雨停了，但汉斯仍然坚持我们打车去他知道的那家餐厅。餐厅位于骑士广场旁，名字是“黑色玫瑰”。我有些不想去，正要编个什么借口，但我晚了一步，还没来得及开口，汉斯就已经叫到了车。

黑色玫瑰坐落在一座铺石广场旁，广场上有手持金号角的天使，兀立于尖顶的房屋之上。有些日子里，我就自己坐在这边一家名叫“审判日”的小酒馆里，游目于广场，看那全副盔甲、手执长矛的骑士端骑于马上。天气很热，穿着清凉的女士们踏着高跟鞋，挽着她们的男人，踩着脚下的碎石而微微踉跄。

我们走下二十五级台阶。里面很昏暗，无窗的古旧穹顶下有些许阴冷。锻铁的多臂吊灯上燃着蜡烛，厚重的橡木桌上也有烛光。每张桌子上的圆柱锡瓶里都插着一朵玫瑰，没有一枝像这地方的名字一样是黑色的，反而全都是白色。我们被引到大厅最深处的一个小角落的座位。那里也有一支点燃的蜡烛，瓶里也插着玫瑰，而这一朵是橙色的。这是我最喜欢的玫瑰颜色，我顺口一提。

“它比红色还要红。”汉斯说。

“因为它不是红色的。”我说。

我忽然想起我得告诉朋友一声，便起身去打电话，顺便从衣帽间取来我的丝巾，因为我有些冷。等我回来时，桌上已放着一瓶香槟，盛在银桶里。

“嚯，真没想到。”我说。

“你刚刚说漏嘴了，你说再没有什么比香槟更好的了。”

他选了一瓶唐培里侬[①]。这是我喝过的最顶级的酒，但我从来都没想过在餐厅里点上一瓶。既然汉斯·约里格松这么讲究，那么支付这张账单的机会他该是当仁不让。我若无其事地喝着香槟，暗自窃喜不已。

时间已近午夜，我们来到外面的骑士广场。他想送我回家。我说不用了，但我这么晚自己一个人走回去，他不放心。

我们吃饭的当儿下过一阵雨，铺石的广场被雨水打得湿滑。安全起见，我挽住汉斯的手肘。他欣然领受，并未因这肌肤间的触碰而小题大做。一走到现代的人行道，我便松开了他。

山坡上的城堡映现在我们面前，灯光下比白日里还要壮观：一处适合上演重大阴谋的可信场所。我告诉他，我常常就坐在自己的城堡里向它瞻望。我也如实地说，自己从卧室就能看到火车经过，而思乡的眷恋总让我动心，想要搭上这些火车。

“你应该即刻就走。”

“不，我要按照计划，半个月后再走。”

“要是心情这么郁闷，何苦还要折磨自己呢。如果你即

---

① Dom Pérignon，法国知名香槟品牌，由本笃会修道院修士唐·皮耶尔·培里依（Dom Pierre Pérignon，1638—1715）于1668年创立。

刻就走，我们可以一道同行。”

我再没有回答他。我又能说什么呢？

走到大门时，那两只孔雀前来迎接我们。汉斯看到这两只拖着巨大尾屏的花俏鸟儿，很是惊讶，我告诉他现在很时兴在花园里养孔雀。可是这也很让人费解，只消看看它们风卷残云地啄花的样子罢。他陪我一直走到门口，两只孔雀像在玩模仿游戏[①]一样，追在我们身后。门边生长着高挑的橙色玫瑰，我从花茎上折下一枝，说：

“你看，一模一样的颜色。”

“好像烧起来了似的。”汉斯说。

我将玫瑰递给他，祝他晚安。这时，月亮从云后浮现，夜月的皎光倾洒在他头上。我看到他苔绿色的脸，头发泛着粉红，不由得心中一惊。他倾身向前，要吻我的脸颊，可我下意识地躲开，吻便落在我的后颈上。

“你的脸是绿的。”我说。

“你也是。是月亮照的。”

“两只夜游的鬼魂，”我说，“一路顺风吧。”

我正要关上门时，我听到孔雀翎羽的窸窣与男人的脚步声交织在一起。我情不自禁地探头出去，目送他离开。汉斯走到了大门前，拿着那枝他说比红色更加红的玫瑰，而两只孔雀分立于大门两侧，似乎在站岗一般。就在男人走出门去的刹那，我仿佛看见它们纷纷颔首低头，先是这只，再是那只。

我的朋友已经睡了，我也径直上了楼。我刷好牙，穿着我的白色亚麻睡裙，倚坐在窗前。一列长长的火车轰隆驶过，满载着铺位上睡眠的旅人，又或是在半躺着读报的

---

① 原文作 þrautakóngur，是一种游戏，游戏玩法是后面的人跟着前面的人做同样的动作。

人。要说某一节包厢里有人在做爱，也不是没有可能。我想到，这该是一场颠簸的游戏；时而变轨，时而减速，时而加速，都是那么出其不意。

在事情发生的当下，其实什么都没有发生。一切都在事后发生。我并不是在今晚的早些时候，同汉斯·约里格松在黑色玫瑰共进晚餐，而是在现在。现在，我才第一次明明白白地看清这个男人，他的体格是多么俊美，他走起路的阔步有多么潇洒。也是现在，我方才注意到他拿红酒杯的方式——如同在把玩一件艺术藏品。他握住杯梗的手，很坚定却很小心，像女占卜师阅读水晶球一般，仔细端详着杯中的酒。刚刚他在评论这酒的时候，恰恰用的是神谕般的言语，仿佛是在谈论一个活生生的人，有未来似的。

我想摆脱这些胡思乱想，于是我上了床，蜷起身子，将被子拉过头顶。我的朋友为我准备了一张双人床，上面铺着织锦缎的床具。缎子是中蓝色的，让我想起那冰岛蓝；我在别处从未见过这种蓝色，只有家乡的天空上才有，尤其是春日里，草地已然翠绿，而山坡上仍然覆盖着残雪的时候。我想到那里去，家，午夜的此刻，那里将依然明亮，无比光明而冷冽，不似今夜的这里，这窒闷而晦暗的潮湿。除了冰岛，所有的气候都是堕落。冰岛的天气教会我们生活，让我们保持精神的清醒。我要走。[①]在冰岛，从来不会

① 原文作 Út vil ek。冰岛中世纪贵族诗人、政治家、历史家斯诺里·斯图鲁松（Snorri Sturluson，1179—1241）的名言。因与斯库勒·巴尔德森（Skúli jarl Bárðarson，1189—1240）的政治斗争，挪威国王哈康四世（后称老哈康，Hákon gamli，1204—1263）勒令禁止支持斯库勒的斯诺里及同伴返回冰岛，而斯诺里坚持从挪威的特隆赫姆（Trondheim）出发，临行时道：“我要走！”

因为天气太热而做不了什么，无论是徒步、跑步还是思考。也没有那些讨厌的甚而会致命的虫子。

我睡不着，于是我信步下楼，进到朋友的那间大公寓，我只敢踮着脚尖，蹑手蹑脚地踱步，因为我听见从卧室敞开的门内，传来窃窃的低语和礼貌的鼾声。实心的橡木古董沙发桌上摆着一只玻璃方瓶，插在里面的硕大白色百合引得我目不转睛。我的朋友说过，他们这里的天花板太高，花卉装饰再不高大些，就显不出来了。

我从冰箱里取来干白葡萄酒，坐到沙发上，放眼去看——涂白的四壁，巨大的餐边柜也是实心橡木的——一切都那么完美和谐，而从我坐的位置，正好望得见被照得通明的主堡，仿佛它挪近了似的。我不能忘记、感激拥有这样的朋友，居住得如此与众不同，并允许我与之同享。我想到，汉斯·约里格松在这样的环境里会有多么合衬，同这周遭一样，结实、匀称。

我喝完这杯白葡萄酒，虽说是干白，却格外甜腻；我上了楼，钻进填着冰岛羽绒、罩着冰岛蓝的被套的被子里。床很舒服，我一直都最喜欢自己睡一张床。说实话，独身生活似乎很适合我，我并不怀念同居的日子。我过着自己的生活，缓慢、平静，径直向前。我什么都不缺，我也不特别寻觅些什么。生活或许谈不上有趣，因为人们所认为的有趣生活，本来也不值得向往。值得向往的是平静，是和朋友随意闲聊，是在好天气里拿着一杯咖啡坐在外面，是为了随便什么胡思乱想而去绞尽脑汁。而所谓有趣的生活，本身当然并不存在。有些人看似总有无穷的乐趣，甚至能在表演中熠熠生辉，但真正美好的时光，比我们敢于直面与承认的，实在要稀少太多太多了。我怀疑，如果人们真正摸清了欢乐有多么难得，那么自杀的人数也会危险地增长起来。但也没有什么办法。生活的所有安排都尽是缺憾。拥有家庭、照顾家庭谈不上什么乐趣，而独身一人、照顾自己也是同样乏味。最好是有一个情人，但每每带来的悲伤又总多过快乐，难以持久。要么是他们离开，要么是你自己离开。再不然就是他们成了你的同居人又或者是丈夫，照顾的阶段便又开始了，更不用说有了孩子之后。唉。

我不需再继续费想下去，因为我也没有遇到什么特别的人，我自己的事情还想不过来，更不愿再过多地牵扯进一些其他人。我有很多很有意思的工作要做，对我有意义的工作；我白天里苦干，到了夜里安歇，我的身体假寐着，没有对另一副身体的渴念。

第二天早上醒来时，我的朋友都去工作了。我遵照他们的愿望，在楼下喝了早间的咖啡。当我瞧着那些硕大的白色百合花时，我记起来了 *Roisin Dubh*（《黑色玫瑰》），一首我所知道的爱尔兰民谣。我有时会一遍又一遍地循环播放它。我有一位忧郁的朋友，曾称它是这世界上最悲伤的曲调，又补充道："是所有玫瑰的终结。"我一直都没问过他，这神秘的"所有玫瑰的终结"是否是哪里的典故。如果我什么时候再遇见汉斯·约里格松的话，我要记得告诉他，我们喝唐培里侬、吃龙虾的那间餐厅的名字，也是一首我时而会一遍遍地循环播放的爱尔兰民谣的名字——*Roisin Dubh*。

我到街角的电话亭，给妈妈打电话。她说热浪仍在持续。周末时，她和爸爸去了天鹅湖[①]边的乡间小屋，跟平时

---

① Álftavatn，意为"天鹅湖"，冰岛南岸内陆高地地区的湖泊。许多冰岛人都在乡间置有度假小屋，或依山傍水，或毗邻农场。

不同的是，这次只有他们二人独行。真的愉快极了，况且，她也从没见过植被长得这样旺盛。种植桦树的试验大获成功，长得已经跟阿拉斯加杨[1]一般快了。

他们烤了鹅，发现选到了一只极品。妈妈说，她一切开鹅膀便知道，这只鹅受过最完美的饮食的滋养，吃过许多血岩草[2]，还有其他适宜的香料。趁着鹅肉排放进烤箱，内脏在锅中煨炖的当儿，他们便出去散步。每走一步，又被成群逐队的初生羔羊拦住了去路；融融暖意里，羊羔们跟随着母亲信步漫游，欢欣的咩叫在群山间回荡。

“还没走到小屋呢，我们老远就闻到了做饭的香味，”妈妈说，“你爸爸觉得整个镇子上肯定飘满了这几道菜肴的香气。我们应该庆幸，没有把邻村邻镇的人都引来，向我们讨要美食。我们在露台上喝坎帕里苏打的时候，一丝风也没有了。湖水像玻璃似的。我想这是我生命里最美的一天了，我的萨曼塔，不过我也经历过好多个美丽的日子。”

“我想回家，妈妈。”

“那就快点儿回来吧。”

“我还得再待半个月。”

“你会有办法的。”

“夏天里我一般都不出国的。我也不知道当时是怎么想的。”

回家的路上我意识到，妈妈已经绝口不提臭氧层的事了。

我回到我的阁楼上，开始译诗。我很难专心。我渴望的，不是妈妈形容的那种风平浪静，而是一场道道地地的

① 原文作 Alaskaösp，即毛果杨。

② 原文作 blóðberg，即早花百里香。

冰岛风暴，是垂耀的日光，还有风，在发草和蓬子菜间奔突的风，折弯了柳条，搅皱了水波，将粉红的鲑鱼卷进一座座过山车，又冲着白翅的鸟儿掀起一阵阵粗莽的气浪。

……不过我也经历过好多个美丽的日子。这太矫揉造作了。妈妈平素是不这样说话的。不过，妈妈和爸爸的确属于那一类看起来生活充满趣味的人。他们洋溢着生活的快乐，至少在别人面前如此，总有无穷的事情要忙。哪怕是假期，他们也有不少大工程，养护房产，又或是成批地请人来家里做客，在乡间小屋的微型厨房里，烹饪出一道又一道复杂的菜肴，嘴上总是有说有笑的。再有，每次他们两人单独去乡下，都免不了烤上一整只严格来说够五人份的大鹅，还要调出一道复杂难做的酱汁。

我也想跟我的男人——如果我有的话——一起去一座乡间小屋，一面在草坳上瑟瑟发抖，一面啃着苹果，间或从恒温的热泉里嘬水来喝。我绝不会邀来什么客人，不会去走什么为期半天的徒步，也不会做那些无穷尽的维护工作和冗长的烹饪，中间夹杂着洗碗的苦工。我会毫不犹豫地雇上一个人，哪怕只是为了给露台的木材做浸渍防腐，我遵循的原则是：永远不要在今天做你明天可以付钱让别人做的事。

我又想到他们在露台上喝的坎帕里苏打。也许，在那一丝风也没有的一刻钟里，在他们静静安坐、喝着他们最喜欢的夏日饮料、眺望着湖面的时候，爸爸和妈妈是真的很快乐。也许，扮演有趣的生活跟真正拥有那样的生活，本来就是同一件事。也许表演本身才是The Real Thing[①]，也

---

① 英文，真正的东西。

许无法更进一步迫近事情的本质，而在最理想的情况下，表演自身也就成了它所呈现的那个东西。

“我杏眼的母鹿，你两乳的丰弧迷醉了我。”这句诗我翻得不够好。像是对《雅歌》的歪写。赘语凑字，笔法拙劣。楼下电话响了。我一般都不会去接。为什么现在要去呢？“你丰凸的两乳迷醉了我。”想押内韵[①]的失败尝试。

我将这破玩意儿推到一边，去冲了个澡。我用吹风机吹着头发，琢磨着这一天我该做点什么。可以确定的是，我不想再耗在屋子里了，虽然我也不习惯没到下午就出门散步。浴室的窗子与卧室的窗子在同一侧，我一边梳头，一边看两列火车交错而过。其中的一列是那么长，长得似乎没有尽头，它往南奔去，那是机场的方向，而另一列才不过三节车厢。楼下的电话又响了。我披着浴袍冲下楼去，一把抓起听筒。

“你怎么找到我的？”

“这不难。你昨晚跟我说了你朋友的名字。他们就在电话簿上。”

“你不是在上课吗？”

“是。我5点钟结束。之后能见面吗？”

“真不凑巧，我不行。我还有别的事情。”（这是谎话。）

“你不能改时间吗？”

“不能。”

我想要跟他说那首叫作《黑色玫瑰》的民谣，因为下一次见他没准儿要等到许多个月甚至许多年以后。可我转念一想，又觉得这样很蠢，而我想不到任何其他的话题。

---

① 内韵（innrím），或是同一句内有字词相互押韵，或是韵词散落于各句之中，但不在句尾。

这也没关系，因为有汉斯·约里格松撑着。他总能想到些什么可说的。有时候，这也被称为“有灵感”，这样的特质在年长者的身上——至少是在冰岛——比在年青一代中更为显著。我忽然想到，他可能已经微醺了。他很可能刚吃过午饭，喝了两三杯酒。他在这个领域，想必是当仁不让的。从外表来看，这真是一位大实干家，无论干什么都是如此；健硕丰满的体格，乱蓬蓬的银发，略带绯红的脸颊，活像喜剧片里的维京人的翻版。

挂断电话后，我精心地为脸颊和脖子涂上保湿乳，用朋友送我的特制芬芳精油按揉全身。然后我仔细将床铺好，又将房间整理一番，尽管其实并不需要。门铃响起的时候，我正在打磨我的指甲。我没打算去应门。也不可能是来找我的。

我决定还是从客厅的窗子向下看一眼，瞧瞧是谁在那儿。是汉斯。他又按了一遍。我回到卧室，坐到床上，继续一纵一横地打磨着我的指甲。我觉得这样比尖形的更好看。

我忍不住又回到客厅向外探看。汉斯已经走出大门了。一只孔雀从灌木里探出下颌来，仿佛正监视着男人的一举一动，颈上的冠羽充当了刺探的天线。假使汉斯在这一刻转过头来，他就能看见站在窗后的我，裹着我女友丈夫的一条黑色丝绸浴袍。

我回国后，统御冰岛上空一整月之久的高压脊已经退散，或者说是让位了。现下，低压的寒威成了主宰，风雨如晦，气温只有6℃，夏天余下的日子都不适合再去斯卡夫塔山。我和朋友通过几次电话。在他们的城市里，天气难得这么温和。而最主要的新闻是，那只雄孔雀死于一场车祸，一周后雌孔雀也衰竭而亡。我没有太大所谓，因为我本就觉得这些鸟儿不属于他们的花园，可因着我朋友对它们的喜爱，我还是表示了我的同情。我又想回到他们那儿去了，回到小城堡的那间阁楼去，我想念起自己还在那座城市的时候所疏于游览的一切，想到自己是怎样把时间都浪费在了喝难喝的咖啡，还有眺望那座愈往高处愈变作古堡之状的悬崖上。

十月底，我在凯夫拉维克机场为爸爸妈妈接机，他们从维也纳回来。我正想看能不能透过玻璃窗找见他们，这时汉斯·约里格松出现在下行扶梯上。他一眼就看见了我，让我没有退到旁边人身后的余地。他冲我招手，好像早就料到我会在那儿似的，又好像我是来接他的。我下意识地也向他挥手，然后他就消失在了免税店里。

爸爸和妈妈紧接着下了扶梯。我冲他们挥手，然后坐在长椅上，等待他们出来，我想起了“大脚油门”的那滴雨，从一个陌生男子的耳后，滑落进天蓝色衬衫的衣领。

汉斯第一个通过海关，拿着一只公文包，还有一个满满当当的免税店口袋。我想，他在决定买什么的时候肯定是速战速决的。他径直走向我，说：“你好，谢谢上次[①]。”

“你好，欢迎回来。你怎么在这儿？”

“我刚从哥本哈根旅行两天回来。”

“那么你跟爸爸和妈妈是同一架飞机了。不过他们是从维也纳回来的。”

汉斯挨着我坐在长椅上，他的手掠过我的手。他穿着

---

① 原文作 Þakka þér fyrir síðast。冰岛语中的日常惯用语，这里及下文均按字面意思直译，表示人们再次见面时对上一次共度时光的感谢。

一套浅色的衣服，游猎装一般，已经很醉了，但依然举止自若。他并没特意谈些什么，还是那么有趣——那么有趣。

我觉得爸爸和妈妈出来得慢极了，开始担心汉斯会错过巴士，然后指望我们把他送回市区。等到他们终于出来时，我赶忙跳了起来，兴高采烈地迎上去，对他们又亲又抱。汉斯也站起身来，在一旁等着向他们庄重地握手问好。

我连忙推起爸爸和妈妈的行李车，对汉斯说："再见啦，"随即大步流星地走开去。我听到爸爸和妈妈语带尴尬地向他告别，然后也跟了上来。

我们还未在车里坐定，妈妈就说："你可真急啊，亲爱的。"又怪里怪气地问我这个人是谁。

"我也不清楚，"我说，"我之前就见过他一面。"

"哦？你们看起来似乎很熟呢。"

"这可不能怪我。"我说。

"是位很英俊的先生呢。"爸爸说。

"他有点醉啦。"妈妈说。

"这位先生跟我没有任何关系。维也纳怎么样？"

他们去了国立歌剧院，欣赏了何塞·凡·丹姆演绎的唐·璜和安娜斯·巴尔莎演绎的唐·安娜，[①]还在音协的金色大厅听了朱塞佩·西诺波利[②]指挥的莫扎特交响曲，他们很高兴，终于实现了去维也纳的夙愿，又说，我没有加入他们，应该非常后悔才是。而这时我想到，假若我真的

① José van Damm（何塞·凡·丹姆）与 Agnes Baltsa（安娜斯·巴尔莎）是享誉世界的歌剧演唱家，分别来自比利时与希腊。

② Giuseppe Sinopoli，意大利著名指挥家。

去了，我就会在凯斯楚普[①]与汉斯邂逅，跟他搭乘同一班飞机，一道返回冰岛。

妈妈说我气色真好，这让我好高兴，因为妈妈在这方面的眼光是相当准的。爸爸和妈妈自己也是容光焕发，看起来就像是世界上最年轻的一对外公外婆。

回到他们在霍尔格斯赫利德[②]的家，我便去加热我已经准备好了的饭菜。他们对我赞不绝口，夸我真是个好女儿。又聊了一番他们的维也纳之行后，大家都陷入一小阵沉默。忽然，妈妈的一个问题将沉默打破：

“你是不是应该捎他一程的？”

“他是谁？”

“机场的那个人。”

“你对他很执着啊。”

“你就没在四处看看吗，我的萨曼塔？”

“没有啊，我一直在看着我的脚趾头呢。”

“亲爱的，别打岔。总拖着不成家也不是办法。”

“谁告诉你我要成家啦？”

“你不能让我们这一脉绝后吧。”爸爸说。

“那要怪只能怪你们自己了。只生了我一个。”

“你太完美了，我的萨曼塔，我们不敢再要了。再说当时我们也负担不起。与其要那么多孩子却疏于照顾，倒不如只要一个，悉心地呵护她。”

或许也可以有折中的情况。

我回到自己家时已经11点半。我喝多了红酒，是爸爸

---

① Kastrup，丹麦哥本哈根国际机场。

② Hörgshlíð，雷克雅未克住宅区街道名。

开车送我回来的。爸爸总是很懂节制。

我刚刚跨进门，电话就响了起来。是汉斯·约里格松。

“你打得太晚了，”我说，“这个时间我一般已经睡了。”

“现在你不是还没睡？我早些时候也试着打过。”

他又喝了酒，说话几乎有些含糊。沉默。我什么也不准备说。

“你刚才在家。”他终于开口。

“没有，我在爸爸和妈妈那儿。”

“夏天我来的那一回，你就在家，在城堡里。”

“我不知道你在说什么。”

“我没在窗边看到你，但我感觉到你了。我离开的时候有人在后面看着我。”

“你把孔雀错当成我了。晚安。”我挂断了电话。

我到浴室去刷牙卸妆。还没擦掉脸上的洁面乳，电话就又响了起来。我想我知道这是谁，没有接听就直接拔掉了电话线。

十一月、十二月和一月里，大雪一直持续迷漫。我被派了一份差事，每周一次送我的小侄女去上演奏课。她家在红溪街上，就在我家旁边；我拖着她和吉他，沿着格莱蒂斯路一道跋涉，接着再蹚下克拉帕街[①]。我一手拎着吉他，另一只手牵着她。铲起的雪堆垒得老高，简直让我们寸步难行，走不了几步，就会在冰上滑个踉跄。最后，我给自己弄了一双防滑钉鞋，尽管我总觉得这种辅助器材更像是

---

① 这几条街道——红溪街（Rauðarárstígur）、格莱蒂斯路（Grettisgata）、克拉帕街（Klapparstígur）都位于雷克雅未克市中心。

给有骨质疏松的老太太准备的。

一月将尽时，在我和小侄女的一次征途中，我看到汉斯·约里格松的身影一闪而过。他在克拉帕街上的一座房子里，正眺望着窗外。房子被漆成一种丑得厉害的颜色，妈妈会说这是“呕吐绿”。汉斯放下粉红斑点的窗帘，匆忙退到后面。这样子退缩，可不像他的作风，至少不像我认识的那个他。看到他如此反应，我想去按门铃，来捉弄他一下，毕竟他是自作自受，不过我受过良好的教养，是不会做这种恶作剧的。

回到家，我翻开电话簿，找出我们第一次见面时，在那个异国的城市里，他曾提到的那个女孩的名字。没错，她住在克拉帕街，对颜色可真有品位。

二月、三月和四月，接踵而至的是自公元1331年的大寒冬[①]以来最为严酷的冰冻期。我脸色惨白，寡言少语，诅咒冰岛这该死的不国之国，我有意避免与父母相处，他们定期就会去越野滑雪，即便天气不是极端危险就是大雾弥漫，甚至两者兼而有之。我难得见他们的那几次，都狠狠地抱怨这个国家的一切，尤其是天气，但我真是失策，因为这话一出，他们便千方百计地想带我一起去滑雪。更不用说他们不时还要问我，有没有“四处看看”呀，我觉得为了我不出嫁的事情，他们真可谓如坐针毡了。

我在冰岛再也待不下去了。五月，我匆匆去了葡萄牙，几乎是不告而别，在波尔图北部的小渔村里待了一整个月。

① 原文作 felliveturinn mikli。felliveturinn 原意为羊群纷纷倒下与死去的严冬，这里还呼应冰岛语中“坠入”爱河的说法：að falla fyrir einhverjum í ástum。

那里的游客一般都来自英国，是一群礼貌而和蔼的退休人口。有时，我会跟一对来自萨里郡的夫妇，到英国餐厅去喝下午茶。他们的名字是伊丽丝·汉德与约翰·汉德，过了一周他们便让我直接叫他们伊丽丝和约翰。他们给我看他们孙辈的照片，讲起二战期间伦敦空袭的故事时，我也聚精会神地听着。我读过好多关于这一时期的东西，但仅仅阅读他们的故事，又怎么能比得上与亲历者对话呢。有时候，我觉得我应该少花些时间读书，多花些时间和人交谈。但人际交往每每充满麻烦。书本只消打开，然后翻页便是，开门见山，一览无余。

上星期，我的小侄女在吉他、爸爸和妈妈的陪同下抵达。我们在海滩上躺了一整个星期，我们四个一起，几乎一动也不动，谁也没想过要到周遭去观光游览什么。不过，我们寻到了周边最好的餐馆，差不多每晚饭后都会带着一瓶好酒，到海滩上去看日落。有一回，我为小侄女背上吉他，翻过沙浪而非堆雪，她弹奏了一首哀婉的西班牙浪漫曲，弹得出奇地好，虽然小小的指头勉强才够到所有的和弦。我想起了《黑色玫瑰》，所有玫瑰的终结，就像那位忧郁家曾说的；莫名地，我又想到汉斯送我回家后，那一对在他穿门而去时向他鞠躬的孔雀。他们死得是那么突然。小侄女又弹了一遍那首浪漫曲，在我们喝光一瓶七九年的葡萄牙佳酿的当儿，火红色的太阳纵身一跃，潜没进了大西洋。

我不想回冰岛，却也没有条件再停留更久。我闷闷不乐，拖着脚上了飞机，立刻睡着了。我不想吃东西，一直瞌睡到我们快要到冰岛，晚光初升的时候。这座岛屿在我眼前平铺开来，冰川、荒原、湖泊。在我们落地前不久，还看到了斯恰尔布雷泽火山[①]和斯奈菲尔冰川[②]；我将它们想象成一对夫妻，中间的群山便是它们的后代，等它们长得足够大了、变得足够冷了，就也成了冰川。

爸爸和妈妈来机场接我。我发觉他们晒得比我还要黑，又穿着白色的衣服。好像刚刚从阳光国度回来的人不是我，反倒是他们。妈妈准备了三道菜：白葡萄酒烩贻贝，红酒橄榄油与大蒜杜松子血岩草渍羊腿排，最后以自制的冰激凌收尾。我说："真是好隆重的宴席呀。"而爸爸说："庆祝浪女回头，再怎么样也不为过。"虽然已经9点，外面依然还很暖和，可以坐在阳台上喝咖啡。斯奈菲尔冰川明莹放亮，尽管已时值六月，山脉还是雪白的颜色。勃勃的太阳穿行于花楸、亮柳[③]与早放的火百合间[④]，我们还可以继续享受几小时的日色。

一刹那，我忽地意识到，总有一天，不会再有人来机场接我了，我想对爸爸和妈妈说些温馨的话，让他们知道，我很感激他们为我做的一切。而除了称赞这顿饭、这座花园、他们的好气色，我什么话也想不到。反倒是妈妈说，

---

① Skjaldbreiður，意为"宽阔的盾"，冰岛著名的熔岩火山，位于西南部，因平坦如盾状而得名。

② Snæfellsjökull，冰岛最著名的冰川之一，坐落于西部的斯奈山半岛。地质历史极为悠久，据说还汇集着罕见的宇宙能量，其意象在冰岛与世界文学中被广泛征用。例如在儒勒·凡尔纳的名作《地心历险记》中，斯奈菲尔冰川即为通向地心的入口所在。冰岛诺贝尔文学奖得主赫尔多尔·奇里扬·拉克斯内斯的《冰川下的基督》（*Kristnihald undir Jökli*，1968）也设定于这座冰川脚下。

③ 原文作 gljávíðir，即五蕊柳。

④ 原文作 eldliljur，即珠芽百合。

她从没见我这样可爱过，晒得黑黑的，头发也被阳光晒得金黄，还有我裙上的这抹亮蓝色有多么衬我，尤其是我眼睛的颜色。

爸爸开车送我回红溪街的家。他拎着我连提都提不动的行李，风风火火地蹿上了门阶。道别时，我吻了他，摸了摸他刚刮过胡子的光滑脸颊，然后目送穿着白色运动衫的他，一溜烟地奔下了台阶。

我的客厅里日光灿烂，纤尘不染的窗台上盛开着一纵紫色非洲堇，沙发桌上的玻璃方瓶里插着九朵橙色玫瑰。这尽是我母亲的手笔，她照顾我的花比我自己还要用心，打扫得也比我整洁多了。还有玫瑰，也是她特意准备的。妈妈是那种凡事都能想到，也凡事都能做到，并且做得极出色的女人。爸爸也是这样。到了我自己，就不愿意样样事情都做得完美，而只想做好那么几件事。工作中，无论涉及的是图书的外观，手稿的审读，出版书目的选择，还是稿件的校对，我都以严谨与眼光而著称。一位不可或缺的中坚力量，薪水丰厚，更是迟早要成为出版总监的不二人选，一切只要她愿意。但是她不愿意。现在这样就很好。

我打开两只行李箱的其中一只，取出在葡萄牙买到的手工刺绣睡裙，还有一瓶红酒，就是小侄女用吉他弹浪漫曲的那个晚上，我们在海滩上喝的那一种。我不习惯给自己一个人开上一整瓶酒，但我还是打开了这一瓶，找来一只大杯肚的红酒杯，上面刻着一颗星。我的杯子都住在餐厅的边柜里，是一件麦金托什[①]家具的意大利复制品。正要

① 查尔斯·雷尼·麦金托什（Charles Rennie Mackintosh，1868—1928），苏格兰建筑师，英国新艺术运动的主要倡导者，也曾设计家具，风格简约，线条流畅。

倒酒时，我看到这只杯子有些脏了，便去取来另一只。红酒入口醇厚甘美，比我印象中的还要好，又或者是这一瓶更好吧。

门铃骤响，吓了我一大跳，我连来人是谁都没问，就赶忙按下了开门键。然后我打开家中的门，又蜷缩回沙发里。时间已是凌晨3点，天色也昏暝了。我方才睡着了几个小时。

汉斯·约里格松不假思索地走进客厅，倚在门口，先是抽起一支燃了一半的烟，自黑暗中放射着威胁一般的火光。接着，他无须摸索开关便直接打开了灯，我才刚刚睡醒，于是眼前冒出许多金星。视觉恢复后，我注意到他穿了一条新牛仔裤，灰蓝的羊毛毛衣上织着浮凸的图案，罩着里面的蔚蓝色衬衫，脚上则是一双黑色登山鞋。还是在门厅里，他将鞋子脱掉，香烟叼在一侧的嘴角上。然后他向我走过来，在沙发上坐下。他的手拂过我的手。他用水晶烟灰缸熄灭了香烟，没有像其他客人那样，先问一句这是不是烟灰缸。

“冬天的时候我看到你了，”他说，“拿着吉他的那个，是你女儿吗？”

“不是。我没有女儿。”

“桌子都摆好了，”他说，指的是这一对红酒杯。

“要一杯吗？”

“不用了，谢谢，我自己有。”他将手伸进毛衣的领口，从衬衫胸前的口袋里掏出一只镀银的扁瓶。

“喝点格兰利威[①]？”

---

① Glenlivet，苏格兰威士忌。

“好啊，谢谢。”我对着瓶嘴喝了一口。

他脱掉毛衣，搭在沙发靠背上。又喝了一大口后，将酒瓶重又插进衬衫口袋里。

“你的心口不会痒吗？”我问。

他笑笑，什么也没说。

“你从哪儿来的？”我问。我觉得他这一身装扮有些莫名的神秘。

“我去爬了斯恰尔布雷泽山，上下一个来回，刚刚从古德蒙杜尔那儿过来。”

关于古德蒙杜尔的这句话说得很古怪，我怎么会知道古德蒙杜尔是谁。

“今天傍晚飞过冰岛的时候，我看到斯恰尔布雷泽山了。”

“那会儿我应该在上山。”

他描述起他的旅行：天气，徒步的路线，近观时山体的形状，岩石，唱歌的鸟儿。他确实是个灵感飞扬的人，这一点无可否认。坐在沙发上听他说话是一种享受：他谈吐风雅，见多识广，而且颇为健谈。他甚至还会模仿鸟叫。

他是怎样想我的，我不知道，而一年以前在国外的时候，他对我说过些奇怪的话。他说到我的个性。这个词到底指的是什么，我其实也不甚明白，但这是第一次有男人谈论起我的个性。从前，我听过这样那样的对我的鼻子的褒奖；我的鼻型是那种经典的冰岛式短鼻，微微有些上翘，但仍然大体保持着纯正的式样。有人夸赞过我的手。我承认，我的手长得很漂亮，不似一般女人的手那样纤小到俗气，而是一双大大方方的手，手指修长，却不过细。关于我的头发，也有许许多多的赞誉。我留的是一头长发。我不是有时剪短、有时留长，而是从十几岁开始，就一直是长发。我知道，很快我就得去剪掉了，年华老去的女人若是还留长发，总有些说不出的怪异。妈妈会管她们叫“七旬童星”。

正讲着旅行的故事，他忽然停下来，说：“我可以吗？”一面又抓起他的毛衣。

我不明白他要做什么，于是他问：“你不冷吗？”

“有点儿，我才刚睡醒。”

他便将他的斯恰尔布雷泽毛衣披到我的肩上，仔细地裹好。

我将身子挪远些，又问他要不要红酒。然后又说：“我每晚在海滩上都会喝。”

“在葡萄牙的时候。好的，谢谢，我尝一尝。”

我将酒一直斟到他杯子上的那颗星的地方，并未问他是怎么知道我去了葡萄牙的。他肯定是把电话打去我的工作单位了。这个男人想要什么？他已经有了女友，在她爸爸的公司工作，却一再地不请自来，企图闯进我的家。男人到底想要什么？[1]我同他碰杯，宽阔的酒杯清脆作响，我知道我应当赶他走，但我也知道我不会那么做，至少这一次不会。

“很高兴你登顶得这么顺利。”

这个人干净整洁得近乎过分，说他才刚登山回来，简直像是笑话。他像是在山顶为骆驼牌香烟做广告的男模，唯一不让人信服的是这身太过干爽、簇新的牛仔裤。或许他还是最像开学第一天，浑身上下都是新衣服的小男孩。

他没有回应我对登山的评论，而是凝神盯着桌上的橙色玫瑰，他说去年在我住的那座城堡门口，我送过他一束

① 反转了弗洛伊德的追问：Was will das Weib?——女人想要什么？

同样的玫瑰。一年以前，一年以前的今天。那么，他是个记得住日期的人喽。这莫不是某种潜匿的感伤的征兆吗？

“是我醉了。”

“我得捏着花托，才不会被玫瑰的刺扎到。”

“是我弄巧成拙了。”

“我还是会说，它比红色还要红。”他说，目光凝注在玫瑰上。

“因为它不是红色的，”我说，就像上次一样。

天大亮了，在我屋后的花园里，歌鸫的颤音花腔愈来愈响。甚至还引来一只金鸻，时而鸣唱着热烈的迪灵迪灵，时而又啁啾起真淳的迪迪、迪迪；我从不记得它这样叫过。

我看见汉斯盯着我打开的行李箱，新买的刺绣睡裙就摊在最上面。他丝毫没有要在我家做点什么的意思，对我也没表现出特别的兴趣。他就坐在那儿，说着话，我也不知道他在说什么，但实在不乏风趣，我希望我也是。无论如何我尽力了。我暗中窥察着他，例如他握着酒杯的方式，好像捧着黄金圣杯似的，还有他如何对这酒细细地观察与品咂，我发觉自己对他的所有动作都记得很准确。

汉斯忽然发现，从客厅可以直接走进花园。他牵起我的手，引我到阳台，循级走下台阶。这一块地方无人留心打理，却蓬蓬勃勃地长着许多草木。绛红修长的郁金香还正当时，墙脚边新放的蒲公英一片灿黄，太阳般炯然。汉斯问我园中唯一一棵常绿树的名字。这棵树美丽异常，曾被拍摄收录在园艺书中。我说这是蓝云杉[①]，可能有500岁了。

---

① 原文作 blágreni，中文则称银云杉，也作恩格曼云杉；专名真正带“蓝”的蓝云杉，在冰岛则称 broddgreni，意为“尖叶杉”，顾名思义比 blágreni 的枝叶更尖锐。

当我们走到遮阴着我卧室窗子的那棵大花楸树下时，我以为我们是要进屋去的。而汉斯蓦地停住，径自吻上我的嘴，就像在街上同熟人打招呼一样地行云流水。他口袋里的银瓶尴尬地压着我的胸口，他立刻察觉到，移立到我身体的另一侧去，紧紧地贴住我——就这样，在红溪街上我的后花园里的这棵花楸树下，我们宛若两肋相衔的暹罗孪生子，吻了好久好久。

当我们回到屋内时，看着汉斯的举止，仿佛我们刚才在花园里，只是在散步期间拔了一片繁缕[①]，此外就什么也没做过似的。他缓慢而庄重地走进来，没有触碰我的意思，连一丝可以归作温柔的目光也未投向我，更不用说其他了。他静静地站在客厅中央，然后走到沙发桌旁，有条不紊地抿了口红酒。喝罢后，他一言不发地走上我那专门打造的楼梯，径自向我的卧室走去。

我觉得他真的很肆无忌惮，于是我进了浴室，慢条斯理地刷牙，洗脸，又涂上晚霜，梳了整五十下头。我坐回沙发，又喝了一口红酒，用过牙膏后，酒已经没了味道。磨磨蹭蹭最后，我才曳着脚爬上这专门打造的楼梯，去瞧瞧这个家伙在干些什么。他躺在我的床上，盖着被子，至少脱去了上身的衣物，正在看书——16世纪的印度情诗。

“很长见识的书。”

“我还在翻译，记得吗？”

“我相信你会完成得很出色。”

我穿着我的蓝色睡裙，在他身旁的被子上躺下。我的颈间挂着一条粗银链，上面系了条丝巾。

---

① 原文作 arfi，是一种杂草。

“你在想什么？”我问。

“什么也没想。”他一面说，一面解开我的丝巾。

“这个要多少钱？”他问道。眼睛看着我的银项链。

我没有回答，因为他的确正中了要害。这是一条昂贵的古董项链，价格相当于一个工人整月的薪水，我为自己的无度挥霍而感到些微惭愧。

汉斯褪去我的衣裙，并不需要我的帮助，这是我们第一次的结合。时间持续了很久。我旷了工，他错过了飞机。第二天他要赶到阿克雷里[①]，乘飞机不得，只能漏夜驾车北上。我本可以再翘一次班，同他一起走的，但是我没有。我更欢喜知道，当太阳经过漫长的、漫长的沉落终于西下，在他穿行的峡湾洒下红紫的光芒时，他是孤身在这车里，孤身在这环岛的公路上。途中的某刻，他会来到车外，兴许走进一片灌木林，去享用我为他装进食盒的路餐；接着，他会去踏赏半萌的毛桦叶，在晚阳的透映下浮红；会伫听溪水的流音，因为他定会在某一处溪边，抑或河畔停留。我不想与他同去，我更愿意知道，他是独自在瞻眺着形形色色的群山、尖耸嶙峋的石岩；在池塘的上空，又或者只是副驾驶的车座上，有我的精神在徜徉回翔，比起我的真身坐在他的身旁，还要更加亲近；而我的缺场，比我们停下旅途，凭着一如既往的契合，以全部的心与血与肉做爱，更能掀起风云。

当时发生的事情从未在当时发生。一切都在事后发生，除非是那些在发生之时就已经发生了的事。家里只剩下我一个人，坐在汉斯和我早些时候坐过的那张沙发上，在这

---

① Akureyri，冰岛北部城市。

一刻，破晓时分发生了的事情，才真正第一次发生。

我感到我们的第一个早晨，第一个白天，仿佛是某种以前几乎不可能成就的壮举。而正在时间之中的此刻发生着的，必定也是一种壮举，一种分离的壮举：我竟能够放他独自离开，开着他的蓝色跑车，乘着夏夜一路北上。

我并没有看到我的心愿成真，因为我本没有许下任何愿望。很久以来我唯一热望过的，只有到斯卡夫塔山去；那是一年以前，我还在国外的时候。不，不能说实现愿望，除非真有一个愿望，但我邂逅的，却是某些我想很多人都不曾际遇过的东西。可即便我真的感受到了什么，汉斯未必也是如此。他看起来似乎感同身受，但我知道其中仍然别有隐情。

这么重大的新进展来得这么无端，几乎让我感到惊恐。但我很高兴，尽管一切都那么始料不及，又或许正因如此，我很感激。其实，我不太是个喜欢感恩的人。我想，像我这样成长起来的人，大多都不属于这个阵线。我们总觉得一切都是理所应当的。

我到我的花园参观，寻到那棵花楸树下，我们以暹罗孪生子的姿势交吻着的地方。我想，汉斯现在也许已经到了湖谷山丘[①]，驾着他的蓝色跑车，从数不胜数的小丘之间，子弹似的飞驰而过，路上只有他一个人，迷蒙着他自己卷扬起的尘雾，而太阳又冉冉升起，这永久工作着的星球，守望在最关键的时刻。

---

① Vatnsdalshólar，冰岛西北部一片丘陵般连绵的小山群。冰岛有三处“数不尽”的自然景观：第一处是西部布雷扎湾（Breiðafjörðour）中的岛屿；第二处是西北部的鹰湖荒野（Arnarvatnsheiði）上的湖泊；第三处便是湖谷山丘中的山丘。

下一次见到汉斯·约里格松，是在临近圣诞节的时候，一个晚上，特里格瓦街[①]的一盏路灯下。他身边还有一个男人，两人都很快活，微醺的样子。我几乎一眼就看出，他们肯定是放纵地喝了许多圣诞热红酒。

我说谢谢上一次，只是空费词说[②]，他也回说谢谢上一次，好像上次我们见面不过是在某个小孩的生日派对上。还真是处变不惊，我想，这时他将我介绍给他的朋友古德蒙杜尔。

"上次之后，你们没再去爬爬斯恰尔布雷泽山？"我说。

古德蒙杜尔一脸诧异，而汉斯则说，他们正准备近期再去一次。上一次真是很难忘。他的朋友惊讶地看着他。天上刮着风雪，我穿得不够暖和。我匆匆向两个快乐的小伙子诚挚告别，似乎看见汉斯的嘴角掠过失望的一颤。

我一踏进我停在热狗摊[③]旁的菲亚特里，就看到他们不顾糟糕的天气，在排队等着买热狗。我发觉自己的大衣扣子扣歪了。我觉得不妙，我很确定，这绝对没有逃过男人敏锐的眼睛。

回到红溪街的家后，我拔掉了电话线。刚刚在床上躺下，门铃便响了几次，但我没有回应。

他第二次被放进我家，是在阴晴不定的一月。整个过程与第一次别无二致。我看着电视，在沙发上睡着了。午夜时分，我又下意识地按下开门键，没有问来人是谁。

---

① Tryggvagata，依然在雷克雅未克市中心，靠近旧港。

② 原文作 að skvetta vatni á gæs，直译为"往鹅身上洒水"，比喻徒劳。

③ 原文作 Bæjarins bestu，意为"城里最棒的热狗"，是雷克雅未克最受欢迎的热狗摊，最有名的分店在特里格瓦街上。

除了他，不可能再有别人，在这锐冽的霜夜，披着一轮满月与无尽的星点，来到这里徘徊。雪厚积在枝头，封得那样牢，很难想象还会有化冻的一天。亮黄色的满月悬在闪烁的蓝杉树上。汉斯凝望着窗外的花园，沉默不语，于是我宣布道：悬着月亮的这棵大树兴许有500岁了。他端详着我——他几乎从不这样看我——说："我记得。"

"你们公司还在喝圣诞红酒吗？"我问道，因为汉斯已经大醉了，尽管他依然保持着惯有的丰仪。

"你家肯定有比那更好的东西，如果我对你的了解没错的话。"

我为他倒了一杯出于某些原因，我在冰箱里存着的凉起泡酒。我对家里的打理让他赞赏不已。接着，他长篇大论地做起演讲来，介绍一家由他担任总裁的公司——杜希尔有限公司。主格写作Dusill，变格同eitill[①]。Dusill是指杜希尔人，dusilmenni[②]的缩写。这是冰岛人数最少的公司，有三位中坚成员。他解释说，这不是因为杜希尔人太少，相反，只有这个领域的顶尖精英才有资格被录取，必须是真正称得上是百里挑一的杜希尔才行。汉斯说，公司总裁的职务是轮流担任的，依据每个人在废物界最新取得的业绩。

"所以你是现任总裁。"

"没错。"他说。脸上露出奇怪的神情。

他专注地研究着手中的香槟杯，这只杯子做工精良，以厚实的水晶制成，可以任他随意摆弄。

---

① 两个阳性名词的词尾一致（-ll），名词变格方式（主格、宾格、属格、与格）因而一致。eitill 意为淋巴腺。

② 意为废物。

“所以你善始善终，把婚也结了。”我说，这消息是我从《晨报》上读到的。

不得不承认，他的神情变得更奇怪了，然后他说：“每个人都只是尽力得救罢了。”

我端详着他，知道明天我一定会再去琢磨他这句启示般的话，尽管我很怀疑一天时间是否足够。他是什么意思？他是为了钱才结的婚吗？

就像以前一样，我再次想到，那六月的一天里，从清晨到入夜，我们真的有同床而眠吗？谁要是经历过我所经历的，便绝不可能在短短几个月后，就可以跟另一个人结婚。除非发生的一切都不作数，甚至是那些最重要的东西，那些所谓的让生命值得活下去的东西。可如果连这些都不作数，生命还值得活吗？

我同汉斯碰杯，他话锋一转，讲起其他事来。他说起厄勒菲乡下，还有他小时候在牛棚内外干过的农活。他说起冰川的放光，说起毛桦树、日出时分的潮泥滩，我记得一年半以前，当我在异域的城市第一次邂逅他时，我怀乡的思情是多么热切，我是多么渴望到斯卡夫塔山去，却至今也未能成行，那时我对这场从未踏上的旅行是多么笃信。

我自己喝着起泡酒，任他畅谈下去，我身上觉得轻飘飘的，就像平时喝这种酒时的感觉一样，尽管我努力保持着镇定。每当他冒出一句什么妙语，我都会脱缰一般嬉笑起来，我觉着他好像给吓了一跳似的。

我觉得时间到了，于是站了起来，我看到他有些不知所措地看着我。

“你知道怎么走。”我说，朝我专门定制的楼梯的方向走了几步。

"我真的不该再犯戒了，"他内疚地说，却立刻跟着我上了楼。

我坐到床上，他跪在我的脚边，他的双唇殷勤地吻上去，以这门技艺的娴熟技巧，从上到下，再从下到上，连脚趾也不曾放过。

他褪去自己的衣服，我看着全世界上我最珍爱的身体显现在我眼前，哪怕是猝然赴死，我也会心甘情愿，只要能等过这一次。

当我爬出被子，起身开窗的时候，一颗星从窗前掠过，叠绕层云间，有月疾走。冰凉的空气倾涌进来，直冲入肺腑，教我一时喘不过气。我以为激情过后，我的爱人已经入睡了，但他从床上下来，走向我，拥抱住我，说："你满身都是星光。"我明白他的意思，因为那漫天的繁星与皎月，一起将一月的夜光投射在我们身上。我们在冰冷的空气中兀自静立，呼吸彼此颈弯间的气息，他玩弄着我的长发，将发丝缠绕在他的手与腕上。

"现在看你还往哪儿跑？"我问。

他摇摇头，说："无路可逃了。"

不知过了多久，冻透了的我们躲回被子里，他试图让我暖和起来，开始热情而审慎地捏塑起我的身体，仿佛我是他两手之间的一尊活雕像。这是一项繁重的工作，当他终于觉得可以完工时，我们都睡着了，我想是在同一刻。

我恍惚醒来时，发现自己以一种十分原始的睡姿，半伏在他的身上。他发觉我醒了，轻抚着我的背，我的脖颈，一直到我的头顶。

我急切地将汉斯·约里格松这半睡半醒，又抑或沉睡着的形象记在心里；意志坚毅的下颌，却仍不足以让他避开我，我原谅了他的下巴，轻轻吻上他的嘴，这对激吻过后已经疲惫的唇，他的下唇比上唇厚得多，几乎没有被吻到。我的嘴唇又吻上他饱满的额头，我仔细地端详着这张脸上的表情，妈妈会说，这是一张明朗的脸，而如果问我，我可能会先想到其他的形容词。他的金发比我上次见他时更短，但相比一年半前，我们在城堡石阶相遇的时候，发色却要深了许多。

我抓住机会，或许是最后的机会，去抚摸他的身体，胸膛，肩膀，去亲吻他的眼睑，整个身体依偎在他厚实的身躯旁，贴着他股间、双脚、胸前的柔软绒毛，去感受他拥我入怀的力道，紧得恰到好处，松得恰到好处，这是他最擅长的技巧之一。

我感觉到他醒了，但他只是静静地躺着，让我们的身体以同样的节奏呼吸、分别。直到他终于松开我，从床边我们两人凌乱的衣物中找出他的手表。他看表的时候，我看到他吃了一惊。

他匆忙地穿上衣服，我仍然惊叹于他俊美的轮廓，完全正中我的喜好。他穿好衣服后，我从床上起身向他道别，轻轻抚着他的头发，他抱住我，将头俯在我的胸前。除了我说，我不送他出门了，我们再没有别的话。他抬起头看我，向我微笑。我坐回床上，他也倚着我坐下，只一片刻，他捏了捏我的手，好像在劝我振作。

在他走下楼梯，进入客厅的当儿，我并不觉得悲伤，而是感激曾在汉斯·约里格松的紧拥中忘我，曾伏在他的身上入梦。现在不该去想：这有多么短暂和难得，而应该去想：这是一种侥幸的特权，是本不应得的。我同时又记起，这样深切的感激，于我是一种陌生的感受，我觉得这也许不是什么好兆头。

当他穿好外套，关上楼下的大门时，我希望我曾对他说过：你是我的第十九个情人，但你是最好的一个。虽然他们都很好。但这样听起来很奇怪，显然属于那种不适合说出口的话。

我继续这样默想着，听见他走下了屋外的门阶。我平躺下来，拉起被子，将头蒙住。人行道上的脚步声过了好久才平息，我想到，在六月的那个清晨和白天过后不久，他就结婚了。事后回想，再也不会有哪两个人，能比我们还更亲近彼此，从国外就立即开始，然后是一个早晨，再到那第一个早晨之后的白天，直到昨夜。他说某种玫瑰，它比红色还要红，我心领神会：因为它不是红色的。我们之间的爱情也是一样：它比热烈还更热烈，因为它不是热烈的。凭着一种如此冰冷的爱，我们得以绝对地契合。如果这爱太热烈，那炽热反而会阻碍灵魂与身体的接近。可是正因为不会腐坏，这冰冷的爱或许自有其凶险，而我们的爱更像是密封在一间格子里，连空气也无法渗透。

后半个冬季也过去了，接着是春和夏，秋天也已将尽。下了很多很多雨。我总计划着出国，或者到乡下去，却始终未能成行。

十月里，汉斯在午夜来电。我夜里困倦，拔掉了电话线。一刻钟不到，他便按响了门铃。我拿起对讲电话。他说：不能这样。我挂掉对讲。在门铃里挂人电话，还真是很新鲜。

第二天中午，我在主街上看到他和他的妻子。她的腹部明显地隆起，焕发着只有孕妇才有的光彩。在她身旁，是那个8小时前还想千方百计闯进我家的男人。我高兴地冲他挥手。他也冲我挥挥手，不怎么高兴。我没有问候女人，因为我跟她连点头之交也不算。

夜里我睡得很差。我做了一堆乱七八糟的梦，在繁缕丛里追赶一只水貂，我和爸爸满身是伤，躲在熔岩裂坑里，逃避一队杀手的追杀。我醒来时，看向窗外，发现大地一片洁白，我不确定自己是不是还在做梦。第一杯咖啡后我反应过来，这没什么奇怪的。又到了一年里的这个时节，什么样的天气都有可能出现。

初雪一如既往地来得让雷克雅未克人措手不及。去泳池的路上，我看到三起碰撞事故。到了泳池边的停车场，我像小孩子一样，在结冰的水坑上跺脚玩。一个正在锁一辆黑色大吉普车的男人，听到冰裂的声音转过头来，满脸诧异地看着我，一个成年人。

我正依赖自己的肺活量，在水下潜泳，这时我的臀上挨了一脚，一下子失去了平衡。我咳嗽着蹿出水面，肇事者紧跟着浮了上来。他摘掉泳镜，向我道歉。正是那个在水坑旁将我抓个现行的男人。他一头黑发，夹杂着些许斑白。一个英俊的男人，拥有一张仿佛浪漫主义时代里害相思病的诗人的面容：忧郁的黑色杏眼，纤长的睫毛，鹰钩鼻，颇为厚实的心形嘴唇，嘴角微微下垂。他的皮肤被晒成很明显的琥珀色。

我们在泳池中央聊起天来，好像是旧相识一般。我们悉数了九月的雨，十月的雪，还有今天早上的薄霜。他说，他觉得冬天到来的标志，就是每当埃斯亚山[1]完全变白的时候，就像现在这样。他突然告白，告诉我他叫埃林古尔，

① Esja，与雷克雅未克市区隔海相望。

他知道我是谁，又随即问我，愿不愿意今晚跟他共进晚餐。我立刻答应了，如果他不介意我拄拐的话。他的微笑一闪即逝——像一盏打开又立刻熄灭的灯。他是一个讨人喜欢的家伙，很讨人喜欢。像妈妈会说的，都写在脑门上呢。

喝完开胃酒后，我才注意到古德蒙杜尔，我情人的朋友就坐在我们邻桌。还是躲不过你啊，我想，你无处不在，无处不想存在。没错，你的抱负逼进我头脑的每个角落，这一次是通过朋友的意外帮助。

我适时向古德蒙杜尔打了个招呼，看到他的妻子透过厚厚的镜片，眯缝着眼打量我。他显得非常尴尬。他的外貌颇有些特别：又高又瘦，手臂削长，斜翘着眼睛，发际线高高的。他与他的朋友汉斯·约里格松截然相反；汉斯剪了寸头后，看起来像个带点艺术气质的冒险家，或许有点像王牌飞行员与诗人融为了一体。

我和埃林古尔一直待到入夜，彼此愈发没有隔阂，了解得更深入了。邻桌的友人没有打扰到我，时间一点点过去，我愈发暗暗得意，期待着汉斯·约里格松尽快听说我正在做的事情。

我同埃林古尔回了家。他住在克维斯塔吉①的一套大公寓里，能够从埃吉西达②的房屋空隙间望到海景。这天晚上风声凌厉，老银花楸③上两根又瘦又长的树枝在厨房窗子上敲打个不停。树上残挂的叶子都褪成了泥棕色，零落破烂。远处望得见吐白的海浪，流荡在地平线上的三艘船只放着灯火。

① Kvisthagi，雷克雅未克西城区街道。

② Ægisíða，西城区的滨海街道，与 Kvisthagi 平行。

③ 原文作 silfurreynir，即瑞典花楸，开白花。

客厅里挂着两幅克亚尔瓦尔[①]的作品，画的都是熔岩原，其中一幅画上，联翩回伏的熔岩丘让人不禁想要躺进去，消失其间，无惧所有不论是善意还是恶意的地灵。曾经我听说有一本书的主人公想要死在一幅画中：维米尔的《代尔夫特一景》[②]。当我亲眼在艺术馆里见到这幅画时，也为之深深沉迷。可我更愿意消失进这些苔藓小丘之间，或许比加入一座小村庄还更惬意。

埃林古尔离婚了，有两个半大孩子。他的妻子几乎从一开始就对他不忠，而且并不总是跟同一个对象。她也酗酒。他管她叫“千金小姐”。他爱过她，但据他说，已经不爱了。他又拿出一张她20岁时的照片给我看。这个美丽的黑发女子看上去宛若贞洁的化身，为了更强调这一点，她的颈间还挂着一只雕花银十字架，上面镶嵌着一颗硕大的黄色石头。我猛然发觉，这个女人与埃林古尔特别相像，也是同样的神情，同样的杏眼，同样的琥珀肤色。

“她叫什么？”

“她叫哈德拉。”

埃林古尔倒了些特醇干邑，一直在说他已经不再爱她了，还有他很担心两个孩子。他们的妈妈病得那么厉害。他用了至少45分钟，一整堂课的时间，为我巨细靡遗地回

---

① Jóhannes S. Kjarval（1885—1972），冰岛现代最负盛名的画家之一，作品多以冰岛自然风物与民间传说为主题，涵盖了写实、印象、表现、立体等极为多样的风格。

② 《代尔夫特一景》（*Gezicht op Delft*），荷兰黄金时代画家约翰内斯·维米尔（Johannes Vermeer，1632—1675）绘于1660年至1661年的著名油画。

顾了她的病史。他一再谈起他的妻子，让我感到十分蹊跷。除非他之前从没有过机会向除了我以外的任何人提起她。但即使如此，这也说得太多了，毕竟他们已经离婚五年了。我想走，但我觉得还是等一等比较礼貌。同时我在想：这个男人年轻的时候，20岁左右的年纪，是什么样子呢？忧郁，总有些忧郁，但不会像现在这样。有时候，人们好像因为什么而在受罚似的。他，是因为爱上一个病态的女人，还有那些未完待续的后果。

她爱的是另一个人，现在依然爱着。她无法忘记他，因为他根本也没想要放手，尽管他并不打算和她在一起，只是在利用她的弱点而已。孩子们见证了这一切。我很怀疑她还能活多久。

“这样的人往往活得最久了。”

他看着我，脸色一变，几乎达到了他这种肤色所能达到的极限。

“你不明白。”他说。

我听到银花楸的枝条愈发沉重地叩打在窗子上，我看不见它，也看不见窗外荒寂的大海，无法再分辨哪里是船光，哪里是浪尖。客厅里唯一的光源是角落里的一盏落地灯，它放出皎白而凄冷的光。我伸手拿起一座小铜像，是一只戴着耳环的古埃及猫，我轻轻地拂拭。然后就离开了。

第二天，埃林古尔打电话到我工作的地方，开门见山地提议我们一起到辛格维利尔[①]去，我觉得不是个坏主意。

---

① Þingvellir，意为“议会地”，又译“辛格维德利”。位于雷克雅未克东北方向，公元930—1798年为冰岛议会所在地，是冰岛最具历史文化意义的地点之一。该地还处于欧亚板块与美洲板块的交界处，熔岩、峡谷等地质风光极为壮丽。

从莫斯费德原野[①]上，可以看出这一年的自驾旅行季已经结束了，我们只遇到了一辆车。在辛格维利尔，连秋色的时节也已经完结了，半秃的毛桦树忍着冻，准备迎接风暴与大雪的来临。枝头上零星挂着些黯淡的树叶，几乎看不出任何颜色。石楠透着土色，天空里浓云密积，四周一片无风的死寂，映得群山也灰蒙哑暗。我们朝着渡鸦岩[②]的方向徒步了很久，摘了些冻住的蓝莓来吃。埃林古尔说，他觉得冰冻的蓝莓不算难吃。而我觉得有些奇怪。

埃林古尔的心情还算不错。他穿着一件带毛领连帽的黑色羽绒服，戴着考究的羊毛衬里的皮手套。我想到那种独来独往的百万富翁，不想惹人注目，更喜欢置身在原始自然中，即使要忍受冰岛北地的严寒。路上，埃林古尔讲了个笑话，挺好笑的，而我则要竭尽全力，才能引出他那抹独异的微笑：那抹在苏生的瞬间便消亡的笑。

一个月后，我见到了埃林古尔的孩子，女儿吉达和儿子贝古尔，一个16岁，一个14岁。从那张照片来看，吉达长得很像她的母亲。贝古尔既不像爸爸也不像妈妈，他的头发是金色的，小脸圆滚滚的，让我惊讶的是，他的发色与汉斯·约里格松完全相同，体型也很相似。两个孩子很矜持，聪明而又沉静。细看起来，贝古尔显得有点孤苦伶仃，但这种感觉只流露在他的眼眸当中；他眼睛的颜色非常特别，棕绿相间，像某些猫的眼睛。

圣诞与新年之间的某一天，我在克维斯塔吉埃林古尔的家里过了夜。我们一如往常坐在灰色的皮沙发上，已经

---

① Mosfellsheiði，莫斯费德斯拜尔（Mosfellsbær）与辛格维利尔之间的一片荒原，从雷克雅未克前往辛格维利尔时可以途经。

② 原文作 Hrafnabjörg，辛格维利尔一座山峰。

沉默了一会儿。他把手放在我的肚子上。我没有动，然后我站起身来，牵起他的手，领他进了卧室。

第二天晚上，新年前夜的前夜，我正在红溪街的家里拖地。汉斯打来了电话。我想挂断，可我的反应不够快，又或者是我不忍心挂断他。他醉意浓浓，讲了好一通他的杜希尔公司。他说，由于最近当废物的成绩不如另外两个朋友，他已经丢了总裁的头衔。我说，我觉得古德蒙杜尔不像是会干荒唐事的人，而汉斯说他只是藏得比较深。汉斯滔滔不绝地讲着他的俏皮话，只说一半都嫌太多，我谢天谢地，这个电话匣子跟我没有任何关系。同时我又对他生出一种奇怪的同情：过去了这么长时间，几乎一整年了，他还在夜里给我打这样的电话，他到底怎么了。

我不想他像以前那样，午夜来电后就来夜半敲门。为了抢先阻止他，我问起他的小宝宝。正如我所料，他顿时平静了很多，他告诉我孩子是在十月出生的。

这通电话就这样戛然而止，汉斯没有来，没有像往常一样按响门铃。他不早不晚，偏偏在我和埃林古尔第一夜后的次日出现，让我觉得简直有些神秘。

爸爸和妈妈听到风声，知道了我交男朋友的事。妈妈从她姐姐那儿得知了关于埃林古尔和哈德拉的一切，我的姨妈是一位绝对可靠的线人，对雷克雅未克人自第一次世界大战以来的私生活了如指掌。爸爸和妈妈不看好这段关系，但他们是文明人，并没有多言。但有一次，在他们霍尔格斯赫利德的家里，妈妈试图私下找我谈谈。她说，我自己的事情，她当然不会干涉。可是话说回来，鞋子哪里夹脚，事情哪里蹊跷，有时候亲人和朋友因为更了解你，所以看得才更清楚。她说，她不希望我和埃林古尔同居。

突然要接手两个青少年不是闹着玩的，埃林古尔对我来说也太老了，跟那个疯女人漫长的纠葛也已让他备受摧残。再者，他这个人太抑郁，跟这样的人打交道是很没劲的。

“不是每个人都能像你跟爸爸一样开朗的。”我说。

母亲的脸阴沉下来，她请求我认认真真地想一想。我也好，谁也好，每个人都只有一次生命，好好利用这唯一的生命是很重大的责任，尤其是对自己而言。她说我跟埃林古尔在一起是不会幸福的。

“我不懂幸福这个词是什么意思，除非你说的是一些短暂的时刻，可能是一生中的两个夜晚，再就是偶尔的五到十分钟，还有那么若干个瞬间。永远的幸福是美国电影里的陈词滥调。”

“你爸爸和我，我们就非常幸福。”妈妈很生气，此刻脸已涨得通红。

“我不会怀疑你。也许我们说的不是同一件事吧。我能理解心灵的平静、不错的感觉这些词。但我不理解什么是幸福。”

“我的萨曼塔，你一定出了什么事。机场的那个小伙子，你和他怎么了？那个汉斯·盖略格松？”

听到妈妈给我的情人改的好名字，我笑了。

她一脸诧异地看着我，但我懒得去纠正，只是说：“倒不如希望我出点什么事吧。哪有从不出事的生活呢。”

“对不起，我的萨曼塔，我不该这么唐突地提起这些。可是，我只有你。”

“这纯粹就是你自私啦。你就想要几个继承你基因的外孙和外孙女。”

妈妈并不缺乏幽默，她笑了，但又说，她当然希望以后有一天能有真正的外孙女和外孙，又补充道，但生下他们的人还得是我。

“收养没有妈妈的孩子，不是更高尚吗？”

“他们的妈妈还活着，即便她有时候的状况特别糟糕。一种不幸笼罩着他们这一家人，我的好萨曼塔。你要看到，生活在光明还是阴影中，取决于你自己的选择。”

爸爸下班回到家。我觉得他比平时要阴沉许多，好像短短几周里突然老了好几岁。他们这样放心不下我和埃林古尔的事情，让我感到很奇怪。好像这段关系真有那么糟糕似的。他们想要什么呢？这里有一个端正有礼、家底殷实的男人，那么讨人喜欢，性格又好，还是个出色的情人；当然，这最后一个优点他们是无从得知的。

埃林古尔坚持要我搬去他家。四月初，我将自己的公寓租了出去，把一部分行李搬到了克维斯塔吉。我不想卖掉任何一件家具，所以剩下的都由爸爸和妈妈代我保管：一张Dux双人床，一套棕黄麂皮沙发，一个餐边柜以及几把椅子。但我的菲亚特，我把它卖掉了，因为埃林古尔有两部豪车，于是他请我把我的小破车处理掉。

当我清空了公寓，最后一遍擦过红溪街的地板时，我发觉自己正呆望着花园里的花楸树——两年之前，一对情人在这里初吻，暹罗孪生子一般，悬连在彼此身边。那时，这棵花楸还郁郁葱葱，现在却既没有树叶，也没有积雪庇护。那晚情人夜访，蓝云杉上月悬枝头，现下只栖着一只冬歌鸫，它不再放歌。从这里搬走，无须再面对这座坚不可摧的纪念碑，于我将是一种解脱。

几天后，哈德拉被送往医院，接受子宫切除手术。在这期间，吉达和贝古尔跟埃林古尔和我一起住在克维斯塔吉，每天都跟爸爸一起去看望妈妈。一次，他撞见了那个男人，看到他捧了满怀的、硕大无朋的红玫瑰。埃林古尔苦思冥想了很久，想着对方是从哪里搞来的这些花，然后又不停地谈论着哈德拉：他们的过去时、现在时、将来时。

吉达和贝古尔很容易相处，但在他们到来后，要干的家务也随之剧增。我觉得自己甚至忽略了出版社的工作。我还记得，我一向在思想上有多么反对照顾家庭这种事情。而现在，我整天忙着采购、打扫、做饭、洗衣，这一切还是为着一个压根儿不是我自己组建的，而是从一个酗酒的陌生女人那儿继承过来的家庭。我同时也看到，比起尚未出生的孩子，吉达和贝古尔还更需要我。他们很快对我产生了依恋，这也很奇怪，因为我很少会主动跟他们说上许多话。他们两个用各种方式向我表达着信任。贝古尔递来一张画，画的是正在制备干草的农人，很适合用作峡湾人乳品厂[①]的广告。吉达在读《蹑行的老鼠》[②]，想要跟我一起讨论。

一个星期天，我邀请爸爸妈妈来家里吃饭。他们努力表现得自然，维持以往的诙谐和活泼，实际上却非常拘谨，爸爸的笑话完全没有效果。妈妈又犯了她的老毛病，急促地轻吸鼻子，每次她特别紧张、手足无措的时候就会这样。我很佩服埃林古尔，他表现得若无其事，扮演着他完美主人的角色，举止间瞧不出一丝焦虑不安的迹象。吉达和贝

① Mjólkurbú Flóamanna，冰岛南部塞尔福斯市（Selfoss）的乳品厂，成立于1927年，1929年正式投用，2005年被兼并。

② 小说《蹑行的老鼠》（*Músin sem læðist*，1961）是冰岛著名的现代主义作家古德贝古尔·贝古松（Guðbergur Bergsson，1932—2023）的首部作品。

古尔察觉出气氛异样，几乎一句话也不肯说。为了我和这样一位家境优渥的优秀男人在一起，爸爸妈妈竟然痛苦至此，真让我觉得不可思议。

电话响了起来。找萨曼塔·埃纳尔斯多蒂尔。我说我不在。“哦？说话的不是她吗？”“不是，她不在。”我说，然后挂断了电话。

可是说真的，我不想待在我现在的地方。我想到葡萄牙去——两年以前，我在那里的海滩上慵懒闲卧，夜里我坐在沙堆上，听小侄女弹奏吉他。我好怀念那段时光，那段汉斯·约里格松闯入我生活之前的时光。或许我永远也不会明白，我们的这段关系究竟是怎么一回事，我并不了解这个男人。即便真的了解，我也未必会彻底喜欢上他。昨天在主街上，他的表情真的好奇怪。

我的同事们还没吃完他们漫长的午餐，我不想再等下去。我还有半杯雪利酒没喝完，可是放到现在已经温暾，口感不再，我便将剩下的倒进了水池。我把三页画稿放进我的包里。上面是我速写的瑞士木屋，一幅接着一幅画到了现在。其实按我的习惯该直接丢掉的。

我在办公室里转了一圈。虽然我不是那种周末还带工作回家的人，但还是整理好翻译的诗稿，把校样塞进包里。有时候，我会把自己在汉斯·约里格松身上的失败归咎到这些诗上。堂吉诃德读了太多骑士小说，所以开始用扭曲的眼光看待现实。而我或许是读了太多印度情诗。

我慢条斯理地化妆，掸去身上的浮尘，仿佛接下来有特别的安排，必须做到一尘不染、一丝皱纹也没有才行。不过，我可以省去梳头的麻烦，因为我的头发几乎剃得精光，同事们都叫我希妮德·奥康娜[1]。

我的脚趾撞到了大门的门槛，整个身子摔倒在人行道上，我狼狈地趴在地上。有人拉起我的手。我顺势站起，眼前突现的是主街上的汉斯·约里格松，这是两天内的第二次。

我很快意识到，这是一场埋伏：他的蓝色跑车就停在我工作地点的正前方。能在此时此刻逮住我，算他干得漂亮，因为我星期五一般是2点半离开，可现在才1点半刚过。

他扶起我后，埋伏直接成了绑架。他一把将我推进车里，砰地关上车门，我惊讶得根本来不及充分反抗。

“我不想让别人看到我和你同车。我现在有男人了。”

他说他不会开得太远的。

他驶下斯库拉路[2]，沿着孙德区[3]，往东驶去。我一言不发，把脖子上的丝巾当作头巾系在下巴上，以防被路上的行人认出。

“会有人看到我们的。”走到奥尔通斯霍夫迪[4]时，我说。与此同时，我又端详起这张脸，所有面孔中我最熟悉的一张，虽然我并未真正贴近过几回。这是一张轮廓分明的脸，突出的颧骨，深邃的眼眸，随着光线的变化或蓝或

---

① Sinéad O’Connor（1966—2023），爱尔兰著名歌手，以板寸短发形象闻名。

② Skúlagata，雷克雅未克沿海街道，主街 Laugavegur 与之平行，但要高于该路。

③ 原文作 sund，指雷克雅未克东部的一片沿海地区，区内街道都以某某 sund（原意为“巷子”）命名。这里描述的路线是从市中心的斯库拉路一直沿海向东行驶出城。

④ Ártúnshöfði，雷克雅未克东部一临海岬角，与市中心主街区域已有一段距离。

灰，鼻梁挺直，下巴方正，下唇厚实。

他握着方向盘，好像握着一件金雕玉砌的宝贝。我熟悉这只手，如同自己的手一般。手掌厚实宽大，手指却很修长，越往顶端越细。仿佛手掌和手指各自独立地生长，但奇怪的是放在一起却那么和谐，我觉得很漂亮。

“你开这么快会被拦下的。”

“你是在抱怨吗？坐车还不好吗？”

“根本不是我要来的。这样把人掳走真是太放肆了。”

但我的怒气早就消了，在心里偷偷地笑今天的戏码，我拽下头巾遮住眼睛，索性让这场旅行更加滑稽。

“你要去哪儿？”

“龙骨岬角①的尽头。”

“然后进入永恒的风暴。”

“我们会有避风所的。”

我们在离萨尔特维克②不远的地方驶出干道，朝大海的方向行进了一小段距离。当我走出车子时，大风倏地掀飞我的头巾，汉斯追着它在后面跑。这是一条鲜红色的丝巾，上面有宝蓝的花朵。它落在海蚀的石头间，显得格外突兀。虽然丝巾一点也没弄脏，汉斯还是抖了抖，将它系在我的脖子上。他趁机摸了摸我的头，说：“你不该剪成这样。真的太短太短了。”

他一脸难过地看着我，好像我头上缠的是绷带一样。

我们顶着风，向海边斜坡上的一座锈红色木屋前进。

---

① Kjalarnes，是伸入冰岛西南岸法赫萨湾（Faxaflói）的一处岬角，雷克雅未克以北，埃斯亚山即位于岬角上。根据冰岛学者对其命名来源的考察与猜想，“龙骨”指的是岬角的凸起之貌。

② Saltvík，龙骨岬角上的地名。

周围的蓝色栅栏已经残破，除了屋后一棵被太阳灼伤的畸形松树，这片地上寸草不生。我很惊讶，在这海洋的风暴中，竟然还有它的存在。而这座木屋则仿佛是从《海蒂》[①]里剪下来的，百叶窗板上甚至还刻着心形。推门而入时，说不准还能听见牛铃呢。但这里的环境却不似阿尔卑斯：这秃裸的斜坡旁海浪腾涌，远远望得见哈尔格林姆斯教堂[②]的塔楼还有凯利尔山[③]。

我忽然想起了包里的东西。中午在回顾我们的故事时，我随手画出的三张木屋图。或许我有了通灵的能力。我不禁笑出声，我的旅伴则一脸严峻地看着我。

屋内弥漫着发霉的气味，显然冬天里没人来过。窗台上满是死苍蝇，浅色松木雕就的家具上却纤尘不染。海边的灰尘自然会少一些。这座本可以作为《音乐之声》的完美布景的木屋里，却堆满了各种不搭调的道具：抛光的卵石、海螺、贝壳、海胆。每一样都整齐地排列在窗台和桌子上。沙发背后的一面墙上是一张冰岛鱼类挂图：大比目鱼、海魔[④]、牙鳕。面朝大海的窗子上悬挂着几十朵干玫瑰。花朵因衰老和日晒而暗沉，我想到，汉斯和我总被黑色的玫瑰紧追不放。我想起来，我还没有跟他讲过*Roisin dubh*，还有那句诡异的“所有玫瑰的终结”，此时此景也不是提起

---

① 《海蒂》(*Heidi*)，瑞士儿童作家约翰娜·斯比丽（Johanna Spyri，1827—1901）创作的长篇小说，1880—1881 年首次出版，以阿尔卑斯山为背景，对瑞士乡村风物的描述尤其引人入胜。

② Hallgrímskirkja，雷克雅未克市中心的地标性建筑，地处城市最高点，从许多角度都望得见。

③ Keilir，雷克雅未克大区哈夫纳夫约杜尔市（Hafnarfjörður）西南部的一座锥形山峰。

④ 原文作 sædjöfull，即密棘鮟鱇。

的时机。我什么也没说，只是继续观察着这独树一帜的室内设计，譬如在那些枯萎玫瑰的一臂之遥处，悬挂在窗户边上的渔网和浮球。

“昨天在主街上，你对我那么不耐烦。”他突然说。

“我在赶时间。再说，都过了这么久了，你到底还想我怎样呢？”

“过了一年半了。”他脱口而出，却又面无表情地沉默下来，只鼓捣着炉子，试图把火点着。屋里比外面还要湿冷，生火的确是当务之急。我走到炉火边，学着水手的样子拍打我的手臂，既是为自己取暖，也是为博我的司机一笑。他找到几个旧茶包，觉得还能用，就点燃燃气开始烧水。

朋友，你为何把我拖进这破木屋？①

“我们来找散失的手稿，”他立刻答道，比我想象的还要内行。

---

① 此处与下两句，出自冰岛诺贝尔文学奖得主哈尔多尔·拉克斯内斯（Halldór Laxness，1902—1998）的小说《冰岛之钟》（*Íslandsklukkan*）中的名场景。小说最初分三卷本出版，分别是1943年的《冰岛之钟》（*Íslandsklukkan*）、1944年的《明丽女子》（*Hið ljósa man*）、1946年的《哥本哈根之火》（*Eldur í Kaupinhafn*）。这是一部历史小说，设定于18世纪，围绕冰岛人与丹麦殖民统治者间的交际展开。其中一条支线是主人公Arnas Arnaeus对冰岛中世纪手稿的追寻，这一虚构人物则以冰岛学者Árni Magnússon（1663—1730）的真实生平为原型。第二部中，Arnas Arnaeus到农民Jón Hreggviðsson（第一部的主人公，被控杀害丹麦国王派遣的官员刽子手，后逃至丹麦，希望觐见国王以得大赦）的小屋去搜寻手稿残页。叙事者一面描绘平民小屋的简陋肮脏，一面强调主教等屋内贵宾的美丽鲜耀，使二者互为对比衬托。形貌清丽的女主人公Snæfríður Íslandssól（意为“雪一般美丽的冰岛太阳”）此时说出这句名言：“朋友，你为何把我拖进这可怕的房子？”

"可是永远也成不了一本书。"

我们坐在一张草木染的破旧沙发上喝茶，像烤火的人一样，前面一片酷热，后面却很冰凉。汉斯放下杯子，抚摸着我的头，那么小心，那么小心，仿佛我的头上受过撞击，而他在检查头骨有没有凹陷似的。他的面容那样伤心，叫我自己也差点撇嘴哭出来。

"短到几乎有些扎手了。"

"开始老去的女人再留长发会很奇怪的。不适合她们。"

"你还没有老去啊。"

"我32岁了。但我们第一次相见时，我才不过29岁。"

他的眼里起了雾。他说他忘不掉我，不管他多想，不管他怎样尝试，他不知道这是什么。他请求我原谅他的举动。

他说得很平静。他看着我，又好像没有在看。他的手落在我的手上，轻轻摩挲着我的手背和指缝。恍惚做梦似的，我忽然间真的来到他身旁了，因为我必须承认，我每一天都在想念他。

我说，我也不能忘记。我说，我也不知道这是什么。但我现在知道了，它是从哪里开始的：是那间名字很奇怪的酒吧，我们在那里喝了红酒。它叫"大脚油门"，故事就从那里开始：很久很久以前，有一滴雨，它滑进了天蓝色衬衫的领口。

和汉斯·约里格松谈论情感是一种全新的体验，在我的身体里激起一种奇妙的反应。我从未有过这样的感觉，脚踏陆地，却恍如悬停空中，即刻就要降落。气压改变了，堵塞住耳朵，身体被重重压回座位。然而，这漫长的降落更像是在海上而非空中，有海浪的声响与海鸥的鸣叫，空气中弥漫着盐的气味。

这样的谈话是不会有什么结论的，但能聊一聊也很好，其实我们本该早些谈的，尽管可能什么也不会改变。汉斯将他的灵魂摊在桌面上，像读一本书一样阅读着。他想知道这样的事情是否经常发生。我忍不住微笑，告诉他我不知道。接着他坦白说，他很惊讶我会和埃林古尔在一起。那么，他是知道了我的事了，他还是那么肆无忌惮，就像他有时表现的那样；也很自私，为了我跟男人同居就觉得失望，明明他自己也脚踏两条船。我看得很清楚，但我不在乎，我为这冰冷的爱而自傲——它仅以空气为生，即便不被允许存在，也依然拒绝朽灭。

“这座海蒂小木屋是谁的？”

“我最好的朋友的。”

“那肯定是古德蒙杜尔了。”

他问我埃林古尔怎么样，我说他是个好人，我想要给这段新关系一个机会。

奇怪的是，我觉得他问这些问题并不是出于刺探或者嫉妒，而恰恰是因为他真的关心我。我从未问过关于他妻子的事，现在也依然不会，我更应该问及的是他的小宝宝。没错，这个坐在我的身旁、仿佛这里就是他的归属的男人，这个我觉得是世上最好的男人，他跟另一个女人有了一个新生的孩子。而我，我有两个大孩子，跟一个同居的伴侣，还有一个他无法停止爱恋的前妻；不论他自己怎么说，这是不得不承认的事实。这所有一切的不得不承认，真的好让人厌倦。

我们已经坐了将近一个小时。屋里暖了起来，沉默占据着一切，尽管有火焰的噼啪，尽管有波涛拍岸的响动，尽管我们能听见自己的低语，尽管我们也能听见海鸥在潮滩间的嘶鸣，与白鹡鸰在木屋旁的啁啾。两只鹡鸰停落在窗台上，翘起尾巴，摇曳几下身子，又飞走，又回来，仿佛鸟木偶剧院里一对娴熟的演员。

汉斯解开我的毛衣。与往常不同，我里面什么都没穿。

“上一次你穿了衬裙和衬衣。”

“那时是冬天。”

“再上一次，第一次，你穿着一件钴蓝色的蕾丝胸罩，你刚从葡萄牙回来，你的肤色像咖啡一样，披散着一头长长的金发。那是我生命中经历过的最奇妙的一个早晨，还有接下来的一天；一路北上的时候，我每时每刻想念的就只有你，我在北河[①]边吃了你为我准备的路餐，那时的天气晴和无比，我没有见到一辆车，一个人，只见到一只金鸻，它出奇地靠近我，唱起真挚的思念——‘迪——迪——’，却没有唱一声迪灵。”

那么，这就是你的那场旅行，是我想象过，却又不敢相信的。

可是我却从未想象过他会说出这样的话，一个习惯将一切都戏谑化的家伙，竟可以在不期然间，如此坦白地倾吐所有。我对他另一层面的男性气质已经全然了解，但此刻的这种男性气质，却完全出乎我的意料。我看到了一个全新的人，我有了全新的理由去恋慕他。

同时我也看到，他已将我制成了一件回忆的包裹，用十字结和丝带捆绑着。即便他今天将我劫来这里，我依然是他的过去。这场劫持，不为了达成劫持的任务，去翻开

---

① Norðurá，流经冰岛西部的博尔加峡湾地区（Borgarfjörður）。

崭新的一页，而为了最终封印与决断发生过的一切。翻开新的一页也没有可能。他深谋远虑地编织出的这张网，将他自己牢牢困住了。

我们躺进沙发里，汉斯抱着我，恰如我曾梦想过的那个场景：也许有一天，他能再次拥我入怀；他抚摸着我，捏塑着我，仿佛我是一座骨与血与肉的雕像。我请求他停下，虽然这几乎不可能。

他明白不能这样。他亲吻我的肩膀以作告别，然后重新扣好我的毛衣，别样的温顺。他做得很认真，任何角落也不错过，这样也好，因为他大概不会再有机会做这些了。

我们没有耽搁太久，很快启程返回城里，以免埃林古尔因为找不到我而起疑。到了格拉法尔霍尔特[①]时，我忽然大吃一惊，好像看见埃林古尔的白色奔驰就跑在我们前面。我请汉斯把我放在沃加尔[②]的海岸工业区，我要自己从那里坐公交车回去。他停在一个废铁堆旁。贪婪的海鸥俯冲下去，好像这些废料就是它们的食物。

汉斯抚过我的脸颊，说这个发型很衬我，因为这样能露出更多脸部，但我原来的头发实在太美了，剪掉它真是一种罪过。他的脸上又露出那痛苦的表情，我强忍着不让自己哭出来。绝望中，我脱口而出一个徒劳的问题："我们该怎么办呢？"他说他不知道，我们只能走一步算一步。

我当然比谁都清楚，我们什么办法也没有，更不可能走一步算一步，因为我们的事情不是时间可以改变的。我说公交车要来了，我仔细地端详这张亲爱的脸庞，然后在他嘴上轻轻一吻。我转过身去，走向附近的公交车站。我

① Grafarholt，雷克雅未克的东部郊区。

② Vogar，雷克雅未克的一个靠海城区。

听到汉斯发动车子离开，跑车的引擎声久久萦绕，直到最后消散进交通的喧嚣。

公交车很快就到了。车上只有一位乘客，是个老先生，他穿着一件有些脏的外套，坐在靠近车厢中央的位置。我在车尾坐下，望着两条大路[①]之间的毛桦树，半萌的叶片柔嫩稚弱，附丽在迎风摇撼的枝条上。我僵直地坐在临窗的座位上。仿佛一只巨魔一把将我擒住，让我动弹不得。待它松开手时，我觉得我也像那暴风里的毛桦一般弯折下去了，是的，我斜倒在了座位上。

“或许会好起来的。”老先生回过头来对我说。我发觉我又向另一侧翻倒过去，在公交车里哭了起来。

“可是谁说得准呢？”他又说。

他的眉毛很浓密，深陷进头颅里的眼眸小而明亮。他的外套的确脏了，其他方面却很整洁。胡须修剪得齐整，眉毛也是。我觉得他活像汉斯·约里格松年老时的样子。

“你做到了吗？”我问他。

“你看到了。”他说。

我将身子转向车窗，不敢相信自己的目的地竟是克维斯塔吉，是埃林古尔与戴银十字的哈德拉。我一动不动地坐了一会儿，仿佛巨魔的爪子又囚住了我，可当它松开时，我又被一阵不知所起的骤风拨向一边。门铃那头的男人说：不能这样。我挂断了他。没有其他办法。一切都太迟了，尽管那时我还不完全确定。是在第二天，是在主街上看到他和他怀孕多时的妻子时，我才终于完全确认了。可是，其实从一开始就已经太迟了，因为一切都必须先在脑海中

① 原文作 Miklabraut 和 Suðurlandsbraut，雷克雅未克两条大路，在沃加尔区交会。

发生，可那却发生在一切都已发生之后。

当我在5点半现身时，埃林古尔比平时更加阴郁。往常我星期五到家的时间要早得多。我说我去跟希尔达喝咖啡了，请他原谅我没有履行好告知的义务。他露出那抹迅疾的微笑，我却察觉到一丝不对劲。他刚刚还一直在看哈德拉的照片，因为照片又一次挪动了位置。

从窗外的银花楸上，我看出风向变了，却分辨不出风从何处吹来。它仿佛从四面八方催逼而至，来粉碎这树上、空中、窗上的新叶，要将它撕裂成屑，化为弥散穹天的绿色尘埃，为一座南国的城市带去白昼的黑暗。

暴雨中，豆大的雨滴在窗玻璃上密集地敲打，与花园中的雨水、与海上的波浪都融为一体。此刻再也看不清哪里是窗，哪里是海。

我想和埃林古尔说，玻璃真的很奇妙，这样流动的物质，却能割伤人。但我没有心情交谈，于是我说自己头疼，虽然只是托词，我想要躺一会儿，也许是要生病了。如果真的病了，埃林古尔就得自己做饭了。他沉默着，嘴角勾起一丝违拗的意思。

奇怪的是，我的头一沾上枕头，就睡着了。我梦见汉斯穿着平角内裤，吹着心形的肥皂泡，而我自己一丝不挂，笑着他的傻样；我梦见圣诞时节，我们在太平洋的海岸跟海豚玩耍。我们任凭退浪将我们推入大海，我们攀上一只疾驰的海豚，另有三只在旁护航。它带着我们离开陆地，愈行愈远，直到四周变得空无一物，没有太阳也没有云朵，没有船舟也没有礁石，连海浪也没有，只有一片平滑如镜的无垠海洋、一只海豚和它背上的我们俩。

电话铃声将我唤醒，我抢在埃林古尔之前抓起听筒。

是哈德拉，她慢腾腾地说：“他只爱我一个人，不能自已地爱着。你只能接受这个现实。就算我死了，就算我的子宫摘除了，也什么都不会改变。”

她挂断电话。埃林古尔来到门口，问我是谁。我说：“哈德拉，又发作了。”

他用责备的眼光看着我，好像胡言乱语的人是我，立刻走出去给她打电话。我想大喊：“你们就在这里说吧，我才不在乎你们说什么。”但我懒得张嘴。

埃林古尔去打电话后，我很快又睡着了。我觉得过了很久，他才叫醒我，说要去她那儿。她要自杀。

“嗯，最后一步了。”我说，然后转身面向墙壁。

这一次，我梦见盛夏时节，龙骨岬角的那座木屋。它还坐落在现实当中的那个地点，而秃裸的斜坡却成了《音乐之声》里的花海。汉斯·约里格松和我住在那儿，过着富足的生活，我们有咖啡机、电视机，还有雪绒花。梦是彩色的，像1950年的老照片，我穿着严实的泳衣，端详着我的梦相，却又身处其中。平坦的海边石上，汉斯和我在拥吻，如炙的日光下视野奇佳，我们向着雷克雅未克眺望。我们很害羞，却也不全是，我们无比温柔地彼此触摸，像一对刚掉了第一颗门牙的小姐妹一样，绽放着笑容。

醒来时，我为我们只能在梦中结合而感到不公。我从空荡的床上起身，凝望着放光的夜空下那漆黑的、漆黑的海。雨停了，几乎没有一丝风，湿透的花楸树在一片平宁中低垂着头。

我很庆幸埃林古尔不在家，我给浴缸放了水，在巨大的镜子中端详自己。至少在这光线底下，我的身体看起来那么白皙透亮，棕色的乳头像两颗石块，臀部线条陡峭。

这就是汉斯所渴望的身体，他一定是从一开始就对它充满渴望，才会在冰岛、在异国，那样频频地叩响我的门。

我进入热气腾腾的松针浴，为自己倒了一小杯埃林古尔的特醇干邑。还是我跟他回家的第一个晚上喝的那一瓶，从那以后就一直没人动过了。我先把这宽大的干邑酒杯放在浴缸边缘，随后又想到把它半浸在水中来暖酒。

我庆幸可以独自在家。独自待在这鬼魂之屋：鬼魅的树枝敲打着窗子，同居的幽灵深爱着痛醉的女鬼。

电话响了，我伸出手拉过听筒——因为我把电话放在了门边。

是汉斯，或许已经喝了点酒，他说谢谢上一次，就好像我们今天不是面色惨白地在为一段禁忌之恋伤心欲绝，而是挥着气球和国旗，参加了一场国庆游行。

我笑了，我说也谢谢他，同时用空闲的那只手玩着水。

“你在泡澡？”

“嗯。”

“我马上就到。”

“别这样。”

“你自己在家。”

“不会太久。”

“你在泡澡。我必须来。”

“不要来。”

我加了一句：“我的爱。”

这句话我从未说过，对他；他重复道，以另一种音调：“我的爱。”

这一刻，经过了今天在龙骨岬角上，在那座几乎不真实的木屋里，他对我说的那些话以后，我终于可以完完全全地确定：是的，千真万确的，我是他的爱，是他不能自已的爱；我是他冰冷的爱，那样冰冷、美丽，只要冰川还屹立，它就将永远存续。

他挂断电话，我知道他马上就会出发来见我。起初，我想索性就继续躺着，等待一切顺其自然发生。我饮尽这一小杯温热的干邑，不忘细细地咂嘴回味。

而霍然间，我惊坐起来，一个激灵冲出浴缸，甩掉身上的水与泡沫。现在只有一场大逃亡才能救渡我，我知道如果他现在抓住我，天空大地都将万劫不复。如果天空大地都覆灭了，活着对我们还有什么用?

埃林古尔的车钥匙挂在扫帚间的一个挂钩上。距离他上次告诉我可以随便用他的奔驰已经过去了很久，而这将是我第二次开这辆车，他的许可是否包含我接下来的行程却尚未可知。我匆匆写下一张便条，以免他派出搜救队来找我：去乡下小屋。勿念。

门阶上，一轮莽撞的晚日刺中我的眼，在未修剪的草地与黑紫色的郁金香上投下奇异的光芒；这些郁金香是埃林古尔在秋天种下的，更确切地说，是在初雪的前一天，也是我们在泳池邂逅的前一天。一只凶恶的雄猫，沥青颜色，从这阴森的花朵间一闪而过，跑下通向大海的小径消失不见——大海黑暗而平静。星期五的夜晚还早，但这不期而至的晴和里，却几乎见不到任何人影，除了邻家花园里的一个人。他穿着高筒靴，站在烟雾滚滚的瓦斯烤炉旁，脚步摇摇晃晃。或许最后一批客人在烹饪完成之前就已经离开了。

我一不小心猛踩油门，车子一下子冲出去，烧烤的男人惊诧地抬头看我，他朝我走了两步，手里还握着烧得发亮的烤钳。我对他挥挥手，迅速冲出转角。这时，一只狼灰色的绒猫从一辆雪白似救护车的吉普车的引擎盖上跃下，落在了奔驰车前。安然无恙地走上人行道后，它弓起背，冲着奔驰车和我嘶嘶叫了起来。

我在埃吉西达与佛恩哈吉[①]的交叉口停下，摇下车窗，然后向西驶去。我仿佛听到了汉斯·约里格松跑车的引擎声，似乎还看到他那天蓝色的车漆在我家附近闪烁。我不敢走霍夫斯瓦德拉街[②]，怕他看见这辆奔驰，于是我向西绕行到塞尔蒂亚纳内斯[③]，然后才向东离开城区。

这春夜暴雨过后的温柔，仿佛将整座城市连同城市里的人一起摇入了梦乡。所有人，除却我，不知何时才能入睡，被判在这西地大道[④]上一路驶向北方。

若按夜生活的准则，此时的市中心本应熙熙攘攘，但街上却只有零星几人。热狗摊前只有一位顾客：一个额头上染着血渍的畸零人，拿着一根扭曲的香肠。

让汉斯在克维斯塔吉扑了场空，我不禁心生愧疚。他当然会以为我在家，只是不肯开门罢了。我脑海中浮现出他从地下室的吉达的卧室窗子爬进去的情景。也许眼下这一刻，他正独自在克维斯塔吉，徘徊在我和埃林古尔的物什中间。也许埃林古尔回了家，报了警。又或者，在找不到我之后，健谈开放如斯的汉斯已经和花园里的烧烤男人打成了一片。当客人们在聚会中场就已散去后，他们俩现

---

① Fornhagi，雷克雅未克西城区街道，与 Ægisíða 垂直交会。

② Hofsvallagata，西城区街道，与 Ægisíða 交会。

③ Seltjarnarnes，雷克雅未克大区内的一个小城区，位于西城区以西的同名半岛上。

④ Vesturlandsvegur，从雷克雅未克城区延展出的一条北行干路。

在可能正坐在邻家的花园里吃着烧烤，由一只漆黑或狼灰颜色的公猫立侍左右。

失去了最为珍贵的东西，而从未真正拥有过它。这就是我所经历的，是我必须与之共生的——假如我还要生活下去的话。当我走到鲸鱼峡湾口[①]时，我思索着这些。我头顶的六月天宇，离城市越远就越发明朗。太阳依然悬在空中，出奇地高爽，照耀着被晚雾柔化的冷峻群山；天空的蓝意愈加浓郁，幻出唯有初夏的冰岛天空才有的蓝色，应当叫作冰岛蓝。

路上空无一人，却有更多的动物在草场上四散游荡；片片丰草组成一条亮绿的盖毯，为大地上新生的脚丫铺展开来——小羊羔一蹦一跳，小马驹仙步轻盈。

我感到这辆自动换挡的汽车仿佛被遥控一般，平滑地行驶在山峰与峡湾之间那空寂的，或起伏或蜿蜒的公路上。没有任何阻碍，连直射我眼睛的太阳也不曾干扰。而我亦不在这场旅途之中，我踏上的，是汉斯·约里格松曾离我而去的那场旅途：两年前的今天，他独自一人，迎着同样的晚日，驶过同样的道路。那轮太阳在红溪街的家中是如何映耀着我，我还记得格外分明，而今天他对我说过，他在车中的那一个夜晚也是这般的烁亮，正如我一直想象的一样。

我很欣慰我终于得知他经历了什么。现在我终于可以确定，他是在这条道路上，追想着我们的一切，而这一切又正是在他追想之时才第一次发生。我知道，他握着方向盘的时候是多么欣喜，欣喜于我们得享过一个清晨又一个

① 原文作 Hvalfjarðarmynni。鲸鱼峡湾（Hvalfjörður）位于冰岛西南部。

白天。我知道，相比于和我同行，他的独行会更加快乐，但我也知道，如果我真的与他同行，我们的故事又将截然不同。如果是那样，此刻我还将坐在他的蓝色跑车里，依偎在他身旁，轻轻将手放在他的脖颈上。现实却是，我困坐在一辆不属于我的白色奔驰里，仍在回念几小时前我与汉斯·约里格松未曾完成的一切，我们注定要错过的所有，至少是在这一生中。

我把车停在赫雷扎湖驿站[①]旁，步行一小段路走到北河边上：在你离我远去的漫长旅途上，这里是你曾停憩的地方，那时新夏初临，洒下超越凡尘的光芒。驿站里传来一阵震耳欲聋的手风琴声，"哈德洛姆斯塔扎森啊林里[②]，芬芳啊无与伦额比"，却一个人影也看不到，没有一点活物的动静，只有歌唱的鸟儿。有的在四下觅食，还有的栖在毛桦的枝条上假寐；春日新发的皱叶攒在枝头，浅绿而黏稠，包孕着千千万万的胚芽。尽管子夜已过，空气依然暖得不可思议。我脱下毛衣，想看看是否真有这样暖和，然后我在河畔的一块石头上坐下，侧耳静听着。

两只活泼的金鸻引吭高歌，这条名为北河却向南奔淌的河流，倾涌无前，恰如那年夏夜汉斯在途中驻足的情景，我知道，我已经找到了他坐下来吃东西的地方。

我想起我们初次相见时，那么不可思议，我有幸住在

---

① 原文作 Hreðavatnsskáli。赫雷扎湖位于冰岛西部，环岛公路旁，与北河（Norðurá）相去不远。赫雷扎湖驿站是一座供游客休息的餐厅。

② Hallormsstaðaskógur，位于冰岛东部，是冰岛最大的森林之一。这里引用的是歌曲《哈德洛姆斯塔扎森林里》（*Í Hallormsstaðaskógi*）的首句。

一座城堡里，我的旅伴是两只孔雀。这是汉斯擅自叩响的那座城堡，我没有放他进来，而是透过窗子偷偷看他离开。

一只金鸻靠近我，比平常还要近得多，它鼓起胸脯，唱起“迪——迪——”，仿佛要在这音符上爆裂开来。同一只金鸻也曾为你放歌：在这个地点，在这个时刻，在如洗的碧空下，在我们第一次相会结束后，我感谢这忠诚的候鸟，从那一年的那一刻为我携来问候。

再次倾耳细听，我明白了，那将所爱之人独自送上北方的女人，未必会迎来永恒的别离，即使这就是我的故事。现在我懂得了，那将男人独自送上北方的女人，也可以换来恒久的陪伴。可没有人知道结果是什么，除非一切都取决于：当男人在北河之畔踞石而坐时，鸟儿唱起了哪一支歌。

女人与羊

携着树梢上的新芽，春天降临在第四个冬月[1]。气象学家们欢欣雀跃，说雷克雅未克是欧洲最热的首都。与此同时，有消息称欧洲大陆的许多地方都无法通行，有人在冬季的酷寒中冻死。

没有牛奶了。她把购物网兜塞进棕色羊毛大衣的口袋。然后她又从橱柜里取出一把装在红色塑料套里的剪刀，把它也塞进口袋。在门口台阶上，她碰见了女儿拉格娜·洛塔，她问用不用给她准备些中午吃的零食，女孩没有回答。

零上七度，她虽然戴着那顶黑色的羊毛帽，却还是打了一阵寒战。她自言自语道，她对冷热的感知与实际季节是一致的。她是不会被隆冬时节一阵突如其来的暖流给迷惑住的。不像邻居家的女人。穿上了夏衣。沉不住气。因为没有什么天气能够改变冬与春的事实。再度穿上冬衣，适应主导的季节，这种转变对她来说一定会很艰难。不过值得同情的不是她，而是树。那虚假的春意在它们身上唤出不可思议的颜色——不会长久的颜色。冰冷的雪是迟早要来的，要厚厚地积在嫩绿的枝条上。五月里，到了真正的春天，这些树木就会变灰，而到时无论春天如何肆虐，其中的一些都不会再改变颜色了。

她想不妨一石二鸟，在取牛奶的时候走远一点的那条路，有益健康。她慢悠悠地走，察看周围的花园。有些人

---

① 原文作 þorri，即冰岛旧历中冬季的第四个月，始于冬季第十三周的星期五，公历日期为 1 月 19 日至 25 日。

家的葱比她的花园里长得好。它们会尝到苦头的。“现在是二月。”她高声说。

快要走到永·洛夫特松之屋①的时候，她发现去买两升牛奶的时间还绰绰有余。她调转方向，朝约尔菲利斯岛②走去。她攀上这块粗玄岩，双手插在口袋里，然后在一块精心选择的石头上坐下，让目光在平滑的海峡上游荡。

今天，船只可以顺利无阻地入港，或者出港，驶向其他岛屿。埃斯亚山可以在浮镜中端详自己的锃亮模样。这天，维迪岛③可以免受海浪的侵扰。比起岛屿，船只享受着许多优遇：若是惊涛骇浪欲将其活活摧毁，它们便可去寻一处避风之所。可不动不摇的岛屿，它能到哪儿去呢？也不知人们对它有没有同情。或许它就如赞美诗里的那朵花一般，“不忧冷热静守其根”。

她站起身，将黑帽严实地拉到耳边，朝港口走去。黛提瀑布号正在装船。她靠在一只集装箱上，看起重机升举，工人辛劳，叉车奔过转角。

咖啡时间。一个码头工人拿着一张厨房板凳向她走来，将板凳放在集装箱旁边。他从手提袋里取出保温杯和餐盒，开始吃起来。

“天气这么好的时候，我可不能在乌烟瘴气的屋里面待着。”男人说，“来一杯吗？”

---

① JL-húsið，临近雷克雅未克海边的一座建筑，由商人永·洛夫特松于 1948 年建造。

② Örfirisey，意为“小滩岛”，是雷克雅未克港口外一个面积仅有 0.05 平方米的小岛。

③ Viðey，位于雷克雅未克外的海湾中。岛屿历史悠久，20 世纪 40 年代后便无人居住。

“好的，谢谢。”女人说，伸出一只冻得发紫的手。

他说空气里有春天的感觉。

“对谁都没好处。”她僵着嘴说。

“啊，”他没有心理准备，“对树不好。”

她喝完杯里的咖啡便离开了。在斯库拉路上，她想象了一会儿：要是维迪岛紧挨着陆地，又或者陆地与岛屿之间有一座人行桥，那么她现在马上就可以到维迪岛上去，探索那片背阴面——背向首都的那一面。她还可以去参观维迪岛馆。馆舍坐落在岛上的两座山丘之间，看起来就像是直接从草地里长出来的一样。真奇怪，这座奇妙的房子里面居然无人居住。渡过这片窄窄的海峡，从陆地来到岛屿，人们觉得这很困难吗？

她沿着海边徐徐行走，久久地看着海滩上一只乐观的老鼠在慷慨的排水管道间一路蹦跳。而后她又看见了另外一只：这只更是令人钦佩，它在晴朗天气中静坐，端望着埃斯亚山，那永远守护着这座城市的可靠山峰。而明知幼稚，女人仍觉得自己很是嫉妒埃斯亚山映照在海峡中的模样。埃斯亚山属于原初。在有人来看它之前，它便已经存在了。哪怕人类，哪怕所有人都消失了，它还是会不改其所，继续存在下去。这叫什么来着？永恒——抑或终极？

冬日平和里，她沿着海岸继续走下去。月亮隐约悬在埃斯亚山上，在日落的天空，在红调的天空中圆满而半透明。真奇怪，人类已将月球变成了脚下的一块陆地，变成了别的什么而非天宇中的一座浮岛。真奇怪，人类可以航行天际，而二十年来维迪岛明明近在咫尺，她却从来都没有乘船去过岛上。

一路走到孙达港[1]旁的废铁堆时，她看见了一条倒置的天蓝色小船。双桨以划船时的姿势立在船顶。她瞧不惯这新奇的摆设，将船翻了过来，放好船桨。然后她觉得自己不应该在船边再逗留下去了。也许船主只是稍微离开一小会儿而已呢。

她继续漫步，深深浅浅，一阵阵地呼吸咸味的空气。她的眼睛一直没有离开维迪岛。仿佛她与岛屿的距离变得更近了。女人想象自己在窗户中看到了光亮，虽然她很清楚那只是白天日光残余的反射。突然间她醒过神来，注意到旁边有一座小棚屋。她探进去看，里面空空如也。

寒流在每一天都有可能降临。诚然，她还没有听到明天的预报。但谁都有可能成为那个最后一个收船、以免积雪覆满船只的人。人们的目光就是这样短浅。因为今天是个虚假的春，人们就想象不到明天的冬。所以她又走回船边，吃力地把船拖向附近的棚屋。她停在棚屋门口，高兴地看着小船已经放进了安全的庇护所。然后她从大衣口袋里掏出剪刀，从购物网兜上剪下一段绳子，将门关上、绑住。

她坐4路车来到赫来姆站[2]。她在候车亭的长凳上坐下，把脚贴在墙边的暖气上；在外面待了这么久以后，她冷得直打哆嗦。来了个穿毛毡鞋的邋遢中年女人。她坐在她身旁，也把脚伸进长凳底下。

“你这是去哪儿啦？”穿毛毡鞋的女人问。

“我去商店买牛奶。”

---

① Sundahöfn，意为“海峡港”，是雷克雅未克的运输港，维迪岛就在港口的对面。

② Hlemmur，意为“盖子”，雷克雅未克的一处公交枢纽站。

然后她才想起，她当然是出门去商店买牛奶的；她便起身走了，虽然她才刚在长凳上坐下准备歇一歇。

直到她走上家门口的台阶，那漫长的日落才完全消退；进屋之前，她盯着落日看了一会儿。拉格娜·洛塔穿着崭新的芭蕾舞鞋，正在走廊里练习；母亲经过时，她的钢鞋头朝她踢去。女人脱掉鞋，把牛奶放进冰箱，她爬上床，将冰冷的被子盖在身上，没有脱掉裙子。她听到客厅里传出《费加罗的婚礼》的副歌。那么弗兰克一定是到家了。她睡着了。

午夜时分，弗兰克爬上床，她惺忪着睡眼，问："你们吃什么了？"

"凑合吃了。"弗兰克说，"你还穿着裙子呢。"

"我太累了。那条蓝色的船，它好沉啊。"

"你做梦了。"

"天气预报怎么样？"

"明天有雪。"

"我就知道。"女人说。

第二天又没有牛奶了，女人出门去，穿着那件棕色的羊毛大衣，戴着那顶黑色的羊毛帽。女人经过时，拉格娜·洛塔的房间门开着。她跟女儿打了声招呼，却没听到回应。

女人迎着满怀的风，向市中心方向走去。雪下得紧，积在棕色大衣与黑色帽子上。路上空无一人，只有女人，还有一只无耳公猫，它在西路旁的一家院里凄凄惨惨地喵喵叫。在哈布纳街上，她在一辆标着两位数字的黑色轿车旁停住。车牌的后方镶了只银色的十字架。她看见一个穿着长大衣的年轻人进了车，开车走了。她觉得他不大好心，也不主动载她一程；她在莱克雅广场坐上“哈加尔—孙德”方向的4路车时，仍然感到愤愤不平。她一踏上车，车子便启动了。她是唯一的乘客。渐渐地，她开始觉得这条公交路线有点滑稽，它还有个绰号，她不记得是什么了。女人放声大笑。司机吓了一跳，惊诧地在后视镜中察看。

当她在洛加奥斯影院下的克莱普斯路下车时，风已经小了，而在她过马路的时候，还是茫茫一片什么都看不见。但她相信，发动机的声音还是听得见的，如果有车来了，还可以及时躲开。她沿路而下，向海边走去。冰雹忽然停了。她大吃一惊，看到昨日的月亮圆圆地出现在斯卡德斯黑迪山①上。这一轮月亮在维迪岛上会看得更加清楚的。

她加紧步伐走向棚屋，剪断她用来绑门的绳子，进到屋里。她坐在天蓝色小船的前座板上，抓起双桨，转眼之间便来到了家乡的那片水域察看渔网。她拿起桨练习，知道她能够划到自己要去的地方。

然后她试着将自己蜷在船底。其实她一点也不冷。可大地很冷，大地上的一切都很冷，那些树，还有花园里骄满的葱芽。忙于春工的大自然困惑不解，它被生生欺骗了。昨日艳阳高照，她站在雷克雅未克港口的一只集装箱旁用塑料杯喝咖啡——这些都真的发生过吗？

在一轮被透射的月亮下，她将小船拖下海滩。她推船

---

① 前文出现了诸多雷克雅未克的地名，斯库拉路（Skúlagata）、西路（Vesturgata）、哈布纳街（Hafnarstræti）、莱克雅广场（Lækjartorg）、洛加奥斯影院（Laugarásbíó）、克莱普斯路（Kleppsvegur）都位于沿海一带；“哈加尔－孙德”（Hagar—Sund）是 4 路公交车的起始站；斯卡德斯黑迪山（Skarðsheiði）位于冰岛西部的半岛上，最高处海拔约为 1053 米。

入水。荡开桨去，她觉得去维迪岛的路程真如天一般高；对她来说，划船到维迪岛就如同坐滑翔机去月球一样。雪花洒落海上，变成狗爪般的雪片，平静地纷泊。女人祝福这从天而降的白雪，虽然雪墙阻隔在前，她是必然瞧不见岛屿了。但如果她继续笔直向前，划入这面柔软的墙壁，她自然就能靠岸。她不再记得，从前在家乡那片水域，她曾独自划船去察看渔网。她不再记得她是为何而出门：没有牛奶了。划船很轻松啊，寒冷很自然啊，甚至很舒适呢。她以前一直是个怕冷鬼来着。登上岛屿，踏上新雪，在崭新的季节将其独占——现在她只感受得到自己对此的期待。

抵达之时，她觉得自己好像才刚刚开始划桨。她很纳闷，旅途伊始，这条路明明显得那样漫长。原来不过触手可及。

起初她想让小船随浪漂流，之后却觉出这想法的无谓，于是将船拖上湿滑的滩石，拉到海滩上来。摆脱掉船，她如释重负。现在她终于可以安安静静地为这座岛屿庆祝一番，与它同享这份欢乐了。在明日的海面中，它将临镜自照，以纯白的面貌信步漫游。

她走上山坡。飘落的雪花愈发稀少，雪完全停了。埃斯亚山的轮廓分外清晰，月亮在漆黑的云间步履匆匆。她大步走向维迪岛馆。住在那里会是种怎样的感受呢？或者在教堂里，如果它开着的话？

她忽然看见雪中有脚印。说不好是谁的或是什么的。太大了，肯定不是猫或者狐狸。是什么动物这会儿在维迪岛上徘徊？要解开这样的谜团，恐怕要有个印第安人才行，女人想着，笑出了声。她开始跟随这些脚印，仔细不漏掉任何一个。她就这样走向前去，始终低头看着脚下。她不再抬头看月，不再看那颗流星，硕大而光明。

她看见一只翻倒在地的红棕色绵羊，而此时她已经一路穿越到了岛屿的另外一面——背对地面的那一面。它的四肢微微摆动，恰如在平和天气中迎风摇曳。女人摊脚坐下，摸了摸羊，发现它的身上还是温热的。女人将脸埋进羊毛，平躺进雪里。她想保持住羊的体温，于是她解开衣服，脱掉一只袖子，将一半的大衣盖在羊的身上，同时蜷伏在它的身旁。

人们在第六日发现了她们。寻羊人被迫将她们从维迪岛上一并运走，因为女人的头发与羊的毛已紧紧冻在一起。谁也没有想过要用地上的那把剪刀将她们分开。

“北欧文学译丛”已出版书目

（按出版顺序依次列出）

［挪威］《神秘》（克努特·汉姆生 著 石琴娥 译）

［丹麦］《慢性天真》（克劳斯·里夫比耶 著 王宇辰 于琦 译）

［瑞典］《屋顶上星光闪烁》（乔安娜·瑟戴尔 著 王梦达 译）

［丹麦］《关于同一个男人简单生活的想象》（海勒·海勒 著 郗旌辰 译）

［冰岛］《夜逝之时》（弗丽达·奥·西古尔达多蒂尔 著 张欣彧 译）

［丹麦］《短工》（汉斯·基尔克 著 周永铭 译）

［挪威］《在我焚毁之前》（高乌特·海伊沃尔 著 邹雯燕 译）

［丹麦］《童年的街道》（图凡·狄特莱夫森 著 周一云 译）

［挪威］《冰宫》（塔尔耶·韦索斯 著 张莹冰 译）

［丹麦］《国王之败》（约翰纳斯·威尔海姆·延森 著 京不特 译）

［瑞典］《把孩子抱回家》（希拉·瑙曼 著 徐昕 译）

[瑞典]《独自绽放》（奥萨·林德堡 著 王梦达 译）

[芬兰]《最后的旅程：芬兰短篇小说选集》（阿历克西斯·基维 明娜·康特 等著 余志远 译）

[丹麦]《第七带》（斯文·欧·麦森 著 郗旌辰 译）

[挪威]《神之子》（拉斯·彼得·斯维恩 著 邹雯燕 译）

[芬兰]《牧师的女儿》（尤哈尼·阿霍 著 倪晓京 译）

[瑞典]《幸运派尔的旅行》（奥古斯特·斯特林堡 著 张可 译）

[芬兰]《四道口》（汤米·基诺宁 著 李颖 王紫轩 覃芝榕 译）

[瑞典]《荨麻开花》（哈里·马丁松 著 斯文 石琴娥 译）

[丹麦]《露卡》（耶斯·克里斯汀·格鲁达尔 著 任智群 译）

[瑞典]《在遥远的礁岛链上》（奥古斯特·斯特林堡 著 王晔 译）

[挪威]《珍妮的春天》（西格里德·温塞特 著 张莹冰 译）

[瑞典]《萤火虫的爱情》（伊瓦尔·洛-约翰松 著 石琴娥 译）

[瑞典]《严肃的游戏》（雅尔玛尔·瑟德尔贝里 著 王晔 译）

[芬兰]《狼新娘》（艾诺·卡拉斯 著 倪晓京 冷聿涵 译）

[挪威]《天堂》（拉格纳·霍夫兰德 著 罗定蓉 译）

［芬兰］《他们不知道做什么》（尤西·瓦尔托宁 著 倪晓京 译）

［丹麦］《无人之境》（谢诗婷·索鲁普 著 思麦 译）

［挪威］《柳迪娅·厄内曼的孤独生活》（鲁南·克里斯蒂安森 著 李菁菁 译）

［瑞典］《大移民》（维尔海姆·莫贝格 著 王康 译）

［挪威］《我曾拥有那么多》（特露德·马斯坦 著 邹雯燕 译）

［芬兰］《七兄弟》（阿历克西斯·塞维 著 倪晓京 译）

［挪威］《挪威中短篇小说集》（比昂斯藤·比昂松 等著 石琴娥 余韬洁 等译）

［冰岛］《鱼的爱情》（斯泰诺恩·西古尔达多蒂尔 著 张欣彧 译）